Hana Yaoi

5

Blue sky complex

Kei Ichikawa

BLUE SKY COMPLEX 5

Hana COLLECTION

www.boys-loves.fr

Responsable Editorial & Artistique : Tony
Traduit du japonais par Aline Kukor
Maquette : Justine Mouron

Remerciements particuliers à Aurélie Valognes

Dépot légal : Mai 2021
ISBN 978-2-38276-004-8
ISSN 2743-4435

Imprimé par GZ Digital Media as

POSTFACE

Bonjour, c'est Ichikawa.
Merci à tous de vous être procuré ce cinquième tome de Blue Sky Complex !
Bonjour !
Dans ce tome, cette jeune fille...
... n'arrête pas de tourner autour du petit couple.
WAAAH
WAAAH
Les chapitres 25 et 26 s'enchaînent, et je pense que c'est le développement pour lequel j'ai dû réfléchir le plus longtemps.
J'adore les filles qui disent franchement ce qu'elles pensent. Du coup, j'ai adoré dessiner Kirara !
Je n'arrête pas de prier pour qu'elle trouve le bonheur... oui, je veux qu'elle ait un avenir radieux.
Et voilà, le cinquième tome de Blue Sky Complex est donc sorti !
C'est grâce à votre soutien à tous que j'ai pu poursuivre ma série aussi longtemps.
Je vous en remercie !
Continuez à me soutenir, rien ne pourrait me faire plus plaisir !
J'espère vous retrouver dans le prochain tome !
Encore merci !
Shokobô
Mâbô
Chat senior
À plus !

5

Blue sky complex

Kei Ichikawa

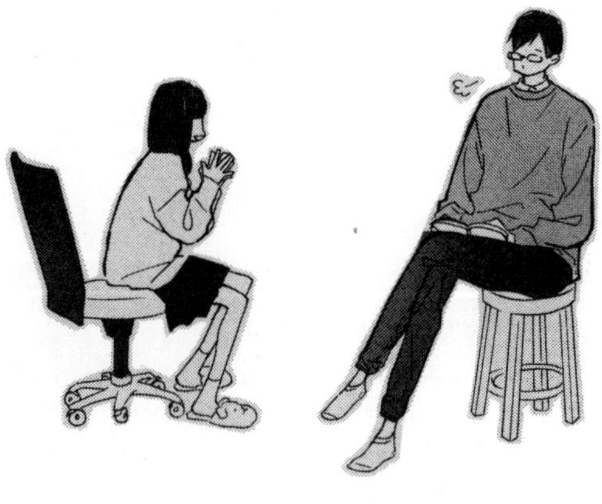

Si je suis classée dans le top 30...
... tu me donneras ton pseudo !

ÇA LUI A RAPPELÉ MOI AU LYCÉE ?
JE NE SAIS PLUS !
JE ME DEMANDE BIEN QUOI...
HEIN ?
TU LUI AVAIS DIT QUELQUE CHOSE ?
SI ÇA SE TROUVE, C'EST CE QUI A LANCÉ VOTRE RELATION ?
C'EST VRAI, ÇA ! J'AIMERAIS BIEN SAVOIR COMMENT VOUS EN ÊTES ARRIVÉS À SORTIR ENSEMBLE !
OUAIS, MOI AUSSI !
PAS QUES-TION !
JE NE VOUS DIRAI RIEN !
ALLEEZ, SOIS SYMPA !
PAS COOL !
La ferme...
Dis...
Dis !
Est-ce que...
... tu voudrais bien me filer ton pseudo LINE ?
Pour-quoi ?
Ben... Comme ça...
Allez, je ne vois pas où est le problème !
Tu n'en as pas besoin.
Mais si !
Non... Qu'est-ce qui te prend, d'un coup ?
Ah !
Je sais !
Le prochain contrôle !

POURQUOI EST-CE QUE CHIKA A FILÉ SON PSEUDO LINE À UNE FILLE QUI NE L'INTÉRESSAIT MÊME PAS ?
AUCUNE IDÉE... PEUT-ÊTRE JUSTEMENT PARCE QU'ELLE NE L'INTÉRESSAIT PAS ?
QUOI, IL NE TE L'A JAMAIS DIT, NATSUKI ?
HEIN ?
JE LUI AI POSÉ LA QUESTION VITE FAIT, L'AUTRE JOUR...
Au barbecue...
En parlant, elle m'a rappelé Natsuki à l'époque du lycée, alors...
... je le lui ai donné sans réfléchir.
C'est-à-dire ?
......
Je ne te le dirai pas.
Allez, quoi, je ne vois pas ce que ça te coûte !
Ça me coûte de te le dire à toi !
N'importe quoi !
VSHH

JE PERDS PRATIQUEMENT TOUJOURS MON SANG-FROID, QUAND IL EST IMPLIQUÉ.
C'EST LAMENTABLE...
PFFF
MOI, JE TROUVE QUE C'EST CHOUETTE !
TU AS DÉJÀ DIT ÇA L'AUTRE JOUR...
C'EST VRAI ? EN TOUT CAS, JE LE PENSE SINCÈREMENT !
C'EST LE GENRE D'ÉMOTION QU'ON NE PEUT PAS RESSEN-TIR SANS UN PARTENAIRE À QUI ON TIENT VRAIMENT À NOS CÔTÉS.
CEUX QUI ONT UNE RELATION DANS LAQUELLE ILS VEULENT S'INVESTIR À FOND DEVRAIENT PRO-FITER DE TOUT CE QUE ÇA LEUR APPORTE !
ENFIN, C'EST CE QUE JE CROIS...
MAIS AU FAIT...

EX-CUSE-MOI...
NON... PAS SPÉCIALEMENT.
J'AI ENCORE DU MAL À METTRE DES MOTS SUR CE QUE JE RESSENS.
NE TE FORCE PAS À EN PARLER SI TU N'EN AS PAS ENVIE.
OH, AU CONTRAIRE... J'AIMERAIS VRAIMENT POUVOIR EN DISCUTER AVEC TOI.
SI ÇA NE T'EMBÊTE PAS, ÉVIDEMMENT.
PAS DU TOUT... JE SERAI TOUJOURS À TON ÉCOUTE, SI TU EN AS BESOIN !
D'ACCORD... MERCI !
ÇA CONCERNE TERASHIMA, C'EST ÇA ?
OUI... COMMENT TU AS DEVINÉ ?
JE SUIS PERSPICACE, HEIN ?
TRÈS...

MAIS MAINTENANT, JE M'EN VEUX UN PEU...
... MON COMPORTEMENT...
.....
JE CROIS...
... QUE J'AURAIS PU CHOISIR DES MOTS OU UN TON...
... UN PEU MOINS DURS...
Je ne comprends pas tout, mais...
EST-CE QUE TU REGRETTES ?

TU BOSSES, CE SOIR ?
OUI...
CHEZ CETTE FILLE, LÀ ?
FUJISHIRO, C'EST ÇA ?
NON...
JE N'IRAI PLUS CHEZ ELLE.
IL S'EST PASSÉ QUELQUE CHOSE ?
OUI...
UN TAS DE CHOSES, MÊME...

ET CETTE FILLE, ELLE A AUSSI PRÉSENTÉ DES EXCUSES À CHIKA ?
AH...
NON...
C'EST QUAND MÊME CRUEL D'ÊTRE AUSSI PROCHE D'UNE PERSONNE ET DE NE MÊME PAS SE RENDRE COMPTE DE CE QU'ELLE RESSENT...
Il vaut sans doute mieux que je n'aille pas le voir.
Ce jour-là...
... je dois dire...
... qu'il m'a fait très peur.
JE COMPRENDS...
LA PAUVRE RISQUE D'EN GARDER UN MAUVAIS SOUVENIR...
Il n'a pas besoin...
... d'en dire plus.
Je pense que je n'irai plus jamais...
... le voir.
AU MOINS, ELLE A PRIS SON COURAGE À DEUX MAINS POUR VENIR TE PRÉSENTER SES EXCUSES.
ELLE DOIT QUAND MÊME AVOIR BON FOND, CETTE FILLE !
C'EST SÛREMENT DIFFICILE À ENCAISSER MAIS ÇA LUI FERA UNE BONNE EXPÉRIENCE.
CE SERAIT CHOUETTE QUE ÇA L'AIDE À AVOIR UNE PLUS GRANDE OUVERTURE D'ESPRIT, À L'AVENIR...

JE VOIS...
JE CROIS QU'IL N'EST PAS RENTRÉ DANS LES DÉTAILS AVEC LA FAMILLE...
... MAIS NON, IL N'Y EST PLUS ALLÉ.
IL PARAÎT QUE LA MÈRE DE LA FILLE L'A SUPPLIÉ DE REVENIR !
HEIN ?
POURQUOI ?
ET DONC, IL N'EST PAS RETOURNÉ CHEZ ELLE DEPUIS CET INCIDENT ?
SÛREMENT PARCE QU'IL ÉTAIT BRILLANT.
Enfin je sais pas trop...
AH LÀ LÀ...
ET MOTOCHIKA, FINALEMENT, IL ÉTAIT AU COURANT DES SENTIMENTS DE CETTE FILLE ?
JE LUI AI POSÉ LA QUESTION POUR VOIR, MAIS TOUJOURS PAS, APPAREMMENT...
Mais non, tu te fais des idées !
VOILÀ CE QU'IL M'A RÉPONDU.
AH LÀ LÀ... OUAIS, ÇA NE M'ÉTONNE PAS !
IL NE VOIT QUE TOI...

JE SUIS DÉ-SO-LÉE ...
DÉ-SO-LÉE ...

GLOU
POSS
Café du Lait
BEURK !
DÉ-GUEUUUU…
GLOU
ぐびっ
JE DÉTESTE VRAIMENT LE CAFÉ EN CANETTE…
BOIRE CETTE HORREUR, C'EST POUR SE RENDRE MALADE !

JE VAIS RENTRER...
EN-CORE...
... DÉSO-LÉE...
... POUR L'AUTRE JOUR.
ÇA NE FAIT RIEN. TU SAIS, JE NE ME PRÉOCCUPE PAS TROP DE CE QUE PEUT DIRE UNE LYCÉENNE.
ET PUIS ÇA NE CHANGE RIEN AUX FAITS...
C'EST BON...
ALLEZ, GAMINE, RENTRE VITE AVANT QU'IL NE FASSE NOIR !
OUSTE
OUSTE
JE NE BOIS PAS DE CAFÉ...!
AH BON ?
BEN RENDS-LE-MOI, ALORS...
MERCI POUR LA CANETTE !
À PLUS !
BOSS
Café au Lait
TU PEUX ME LA RENDRE ...

RAAAAH, C'EST PAS VRAI, BON SANG ! JE CROIS QUE JE COMMENCE À TE DÉTESTER !
On ne fait que parler, on peut bien émettre des hypothèses !
JE NE TE DÉTESTE PAS, MOI !
TU PARLES FRANCHEMENT…
… ET TU AS CONSCIENCE DE NE PAS POUVOIR RIVALISER AVEC MOI, JE TROUVE ÇA PLUTÔT MIGNON !
TU POURRAIS ARRÊTER DE REMUER LE COUTEAU DANS LA PLAIE ?
HA HA HA !
ET PUIS…
… TU ES VENUE ME PRÉSENTER TES EXCUSES DIGNEMENT SANS FONDRE EN LARMES.
AH, ET J'AJOUTERAIS…
… QU'ON A LES MÊMES GOÛTS EN MATIÈRE D'HOMMES !

.....
.....
.... JE SUIS SÛRE ...
SBOF
... QUE MÊME SI JE ME RETROUVAIS DANS UNE SOURCE CHAUDE AVEC LUI, IL NE SE PASSERAIT RIEN !
..... C'est quoi cet exemple ?
DIS... SI JAMAIS CE GENRE DE SITUATION SE PRÉSENTAIT...
QUELLE SITUATION ?
LES SOURCES CHAUDES ...
AAH...
S'IL TENTAIT QUOI QUE CE SOIT AVEC MOI...
COMMENT TU RÉAGIRAIS ?
EH BIEN...
TU ROMPRAIS AVEC LUI ?
QUI SAIT...
TU DOIS BIEN AVOIR UNE IDÉE, NON ?
RIEN DE SEMBLABLE NE S'EST JAMAIS PRÉSENTÉ JUSQU'À AUJOURD'HUI...
JE SAIS, C'EST JUSTE HYPOTHÉTIQUE !
JE NE VOIS PAS À QUOI ÇA AVANCE DE RÉFLÉCHIR ET DE CHERCHER DES SOLUTIONS À DES PROBLÈMES QUI N'EXISTENT PAS !
MAIS SI JAMAIS...
MA PAROLE, TA TÊTE DOIT ÊTRE BIEN VIDE POUR AVOIR LE TEMPS DE SE CONCENTRER SUR DES CHOSES AUSSI NÉGATIVES !

QUOI... ÇA TE FAIT RIRE ?
BEN... JE TROUVE ÇA UN PEU AMUSANT !
HEIN ?
DE ME DIRE QUE JE SUIS EN TRAIN D'ÉCOUTER LES PEINES DE CŒUR D'UNE FILLE QUI VIENT DE SE FAIRE PLAQUER !
ENFIN...
TECHNIQUEMENT, TU NE T'ES MÊME PAS FAIT PLAQUER...
C'EST TOUT CE QUE ÇA TE FAIT ?!
C'EST MÉCHANT !
J'Y...
J'Y CROIS PAS !
C'EST...
J'Y PEUX RIEN, MOI, IL M'AIME BEAUCOUP TROP !
TU DEVRAIS ABANDONNER !
JE N'AI MÊME PAS BESOIN D'ABANDONNER PUISQUE LE MATCH ÉTAIT DÉJÀ PERDU D'AVANCE. JE N'AI MÊME PAS EU LE TEMPS DE MONTER SUR LE RING !!

JE M'EN DOU-TAIS...
TU ÉTAIS AMOUREUSE DE LUI ?
.....
JE NE SAIS PAS...
IL NE S'EST JAMAIS MONTRÉ PARTICULIÈRE-MENT FROID OU MÉCHANT AVEC MOI, IL N'AVAIT PAS L'AIR DE ME REPOUSSER.
MAIS JE PENSE QUE C'EST PARCE QU'EN FAIT, JE N'AVAIS PAS LA MOINDRE PETITE PLACE DANS SON ESPRIT.
AU DÉBUT, IL NE ME FAISAIT NI CHAUD NI FROID, ET JE PENSAIS QUE ÇA N'ALLAIT PAS CHANGER.
IL N'Y AVAIT PAS GRAND-CHOSE.
MAIS APRÈS, J'AI CRU SENTIR...
... QUEL-QUE CHOSE DE FORT.

JE SUIS...
... DÉSOLÉE.
JE ME SUIS MONTRÉE GROSSIÈRE ET INDÉLICATE.
JE DOUTE QUE TU ME PARDONNES, MAIS...
TIENS !
MERCI...
SON COLLIER...
.....
C'EST UN CADEAU DE QUELQU'UN ?
AH, ÇA ?
OUI, DE MOI.
PSHT
BOSS
Café au Lait

SI TU LE CHERCHES, IL RENTRERA TARD CE SOIR.
TU PEUX PARTIR.
NON, ATTENDS !
C'EST TOI QUE JE SUIS VENUE VOIR...
JE VOULAIS...
... TE PRÉSENTER MES EXCUSES !

J'ai trouvé une nouvelle famille pour des cours.
Je vais aller les saluer, je rentrerai tard.
D'accord.
EXCUSE-MOI...

HAA...
HAA...
PLISH
PLISH
NH...
NNH...

GRAB
BRR
ぴく

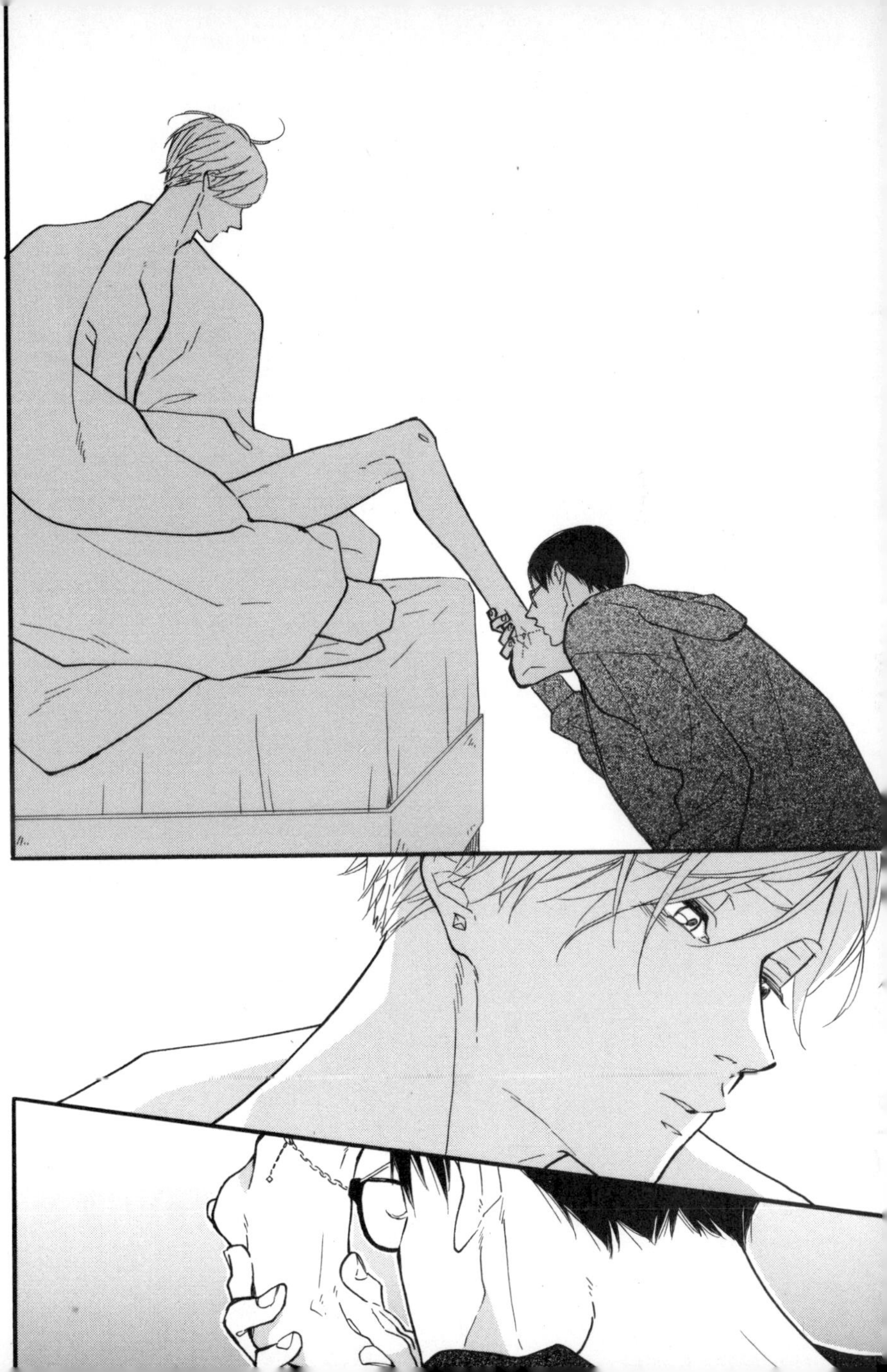

OUI...
JE M'EN DOUTAIS...
ÇA TE VA COMME UN GANT !

QUI VIENT D'OÙ ?
DE SHIBUYA.
.....
MAIS ON Y VA TOUS LES JOURS...
Moi, en tout cas.
ÇA FAIT UN MOMENT QUE JE LE VOIS EN VITRINE, QUAND JE VAIS TE RETROUVER.
ET AVEC MES HEURES SUPPLÉMENTAIRES, JE ME SUIS FAIT PAS MAL D'ARGENT.
QU'EST-CE QUI TE PREND ?
.....
UN BRACELET ?
C'EST...
... UN BRACELET DE CHEVILLE.
DONNE-LE-MOI...

TU ES RÉ-VEILLÉ ?
MNNH... J'AI DORMI COMBIEN DE TEMPS ?
JUSTE UN PEU !
TU PEUX TE LEVER ?
J'AVAIS OUBLIÉ, MAIS J'AI UN PETIT CADEAU SOUVENIR POUR TOI !
UN SOU-VENIR ?

TIENS ?
AAH !
C'EST PAS CE QUE TU CROIS, C'EST SORTI TOUT SEUL...
ÇA ARRIVE PARFOIS PENDANT L'AMOUR...
SNIF
AA AH...
MINCE, ÇA NE S'ARRÊTE PAS !
NNH !
NE PLEURE PAS...
HEIN ? AH !
MAIS PUISQUE JE TE DIS QUE JE NE SUIS PAS TRISTE...
PLUS MAINTENANT, ÇA VA !
C'EST JUSTE...
... UN GENRE DE RÉFLEXE...
NE PLEURE PAS...
AAH, ÇA CRAINT...
JE SUIS DE NOUVEAU TOUT EXCITÉ, MAINTENANT...
HEIN ?!
T'ES SÉRIEUX ?!
A...
ATTENDS...
NNH !
NH...

BRRR
FRISSONNE
.....!
FRISSONNE
FRISSONNE
HAAAN
HAAAN
HAAAN
HAN...
HAN...
HAN...
HAN...
HAN...
NNH...
HAN...
HAN...
.....
TU PLEURES ?
HEIN ?
QU'EST-CE QUE TU RACONTES...
HAN...
HAN...
HAN...

NNH !
UH...
AH !
AH !
GSH
PLISH
AH !
GSH
NGH...
AAH !
HAN !
GSH
AH !
GSH
PLISH
HAAN !
AAH !
GSH
HAN !
HAN !
GSH
AH...
AH !
AH !
GSH
SMACK
HAN !
PLISH
AH !
PLAF
AH !
AAH !
AH !
NH...
AAH !
HAN !
HAN !
PLAF
PLISH
PLISH
PLISH
PLAF
GSH
PLISH
HA !
NNH...
AAAH...
HAN !
GSH
HAN !
PLAF
PLISH
HAN !
GSH
BRR
HA !

GSH
HAN !
NH...
KHOF !
HAN !
PLUSH
KHOF !
KHOF !
HAN !
GSH
PLUSH
NH...
GSH
HAN !
NNGH...
ÇA VA ?
HAN !
OUI OUI
HAN !
TU ES SÛR ?
HAN !
HAN !
HAN !
HAN !
TU TE SOUVIENS DE CE QUE TU AS DIT ?
HAN !
FAIS-MOI...
HAN !
HAN !
JE VEUX QUE TOI AUSSI...
... TU AGISSES PLUS COMME TU EN AS ENVIE !
.....
... TOUT CE QUE TU VEUX !

NH...
NGH!
NGH!
NH!
SMACK
SLURP
SLURP
UH...
NH...
UH!
UH!
UH...
PLISH
GSH
GSH
PLAF
PFOUAH!
NNGH!
HAN!
HAN!
HAN!
HAN!
HAN!
UH...
AH!
BRR
PLAF
PLISH
AH!
UH...
AAH!
PLISH
AH!
HAAN!
AH!
PLAF
PLISH
PLAF
AH...
AH!
AH!
PLISH
AH!
PLISH
PLAF
AH!
AH!
PLISH

... TU CROIS VRAIMENT QUE...
HAN !
... JE TE LAISSERAIS PÉNÉTRER MON CORPS SI PROFON-DÉMENT ?
HAN !
HAN !
.....
NON...
GRAB
HAN !
HAN !
HAN !
PLAF
PUSH
NNGH !
HUFF !
HUFF !
HUFF !
HUFF !
GSH

LÀ...
HEIN ?
HEIN ?
TOUCHE-MOI...
MAINTENANT, BOUGE...
.....
FRSH FRSH
EST-CE QUE...
... TU SENS TON SEXE FAIRE DES VA-ET-VIENT...
... EN MOI ?
OUI...
PLISH
PLISH
C'EST QUELQUE CHOSE QUE MÊME MOI, JE N'AI JAMAIS PU NI VOIR...
HAN...
PLISH
PLISH
... NI TOUCHER...
HAN...
..... SI JE NE TE FAISAIS PAS CONFIANCE ...

HAN...
HAN...
MAIS LÀ-DESSUS, TU PEUX ME FAIRE CONFIANCE !
HAN...
PLISH
PLISH
GSH
NH...
NGH...
GSH
GSHHH
UH...
UH...
NNH...
HAN !
....
HAN...
HAN !
HAAAN...
HAN...
HAN...
HAN...
HAN...

DEPUIS LE DÉBUT !
JE N'ÉTAIS ...
... PAS INQUIET...
... À PROPOS DE TOI...
... MAIS...
.....
JE VOIS...
JE COMPRENDS !
GRAB
FRSHH
PARDON DE N'AVOIR RIEN REMARQUÉ...
MAIS NON...
C'EST TON TRAVAIL...
C'EST MOI QUI ME SUIS PRIS LE CHOU DE MON CÔTÉ...
PEUT-ÊTRE, MAIS...
TU AS LE DROIT DE ME DIRE QUAND QUELQUE CHOSE NE TE PLAÎT PAS...
... MÊME SI LA DÉCISION FINALE ME REVIENDRA TOUJOURS.

.....
.....
TON BOULOT...
HEIN ?
TON ...
... BOULOT ...
....
.....
NE ME DIS PAS...
... QUE LES COURS CHEZ KIRARA TE PERTURBENT...
... DEPUIS TOUT CE TEMPS ?
SI !

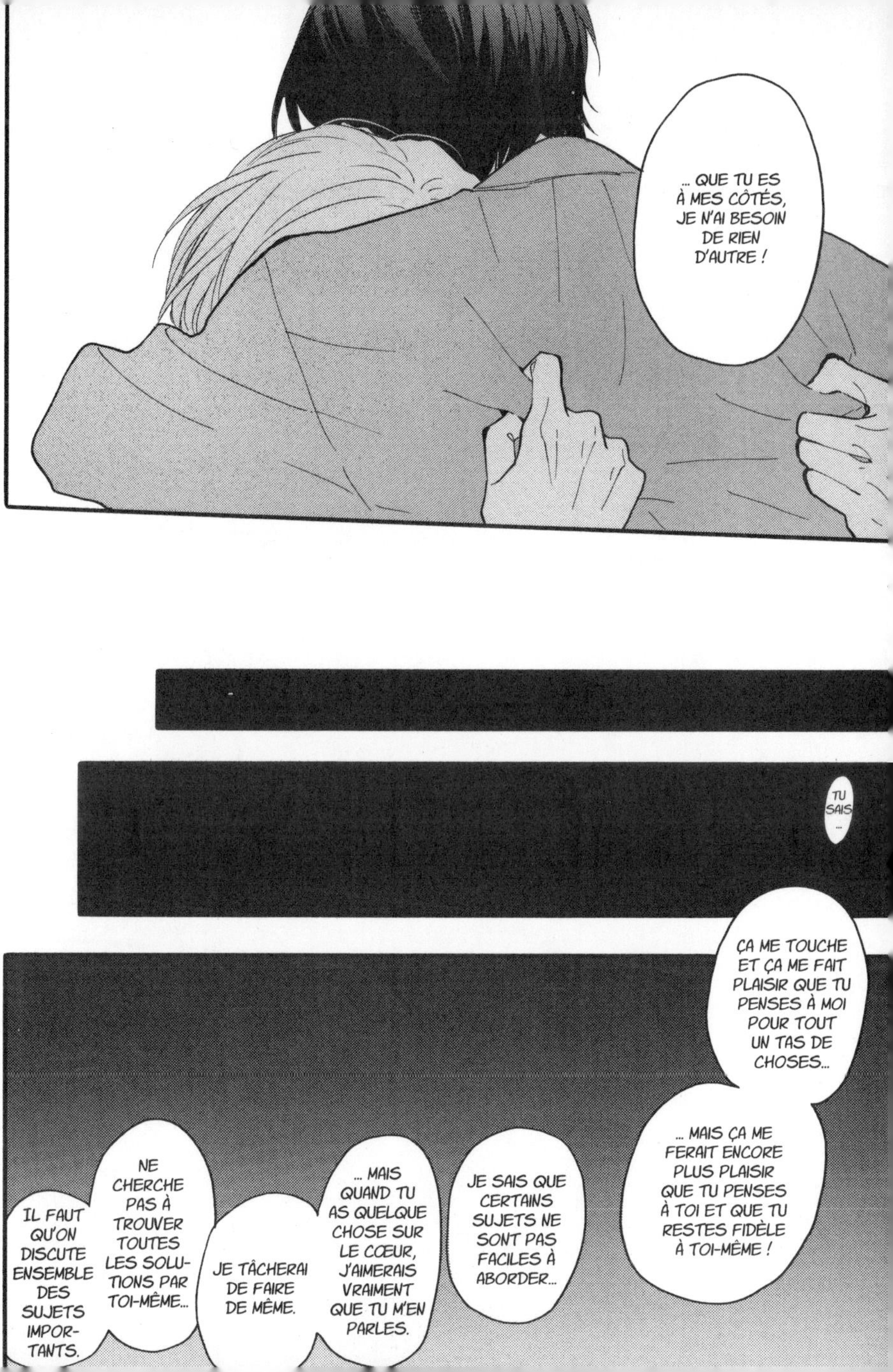
... QUE TU ES À MES CÔTÉS, JE N'AI BESOIN DE RIEN D'AUTRE !
TU SAIS...
ÇA ME TOUCHE ET ÇA ME FAIT PLAISIR QUE TU PENSES À MOI POUR TOUT UN TAS DE CHOSES...
... MAIS ÇA ME FERAIT ENCORE PLUS PLAISIR QUE TU PENSES À TOI ET QUE TU RESTES FIDÈLE À TOI-MÊME !
JE SAIS QUE CERTAINS SUJETS NE SONT PAS FACILES À ABORDER...
... MAIS QUAND TU AS QUELQUE CHOSE SUR LE CŒUR, J'AIMERAIS VRAIMENT QUE TU M'EN PARLES.
JE TÂCHERAI DE FAIRE DE MÊME.
NE CHERCHE PAS À TROUVER TOUTES LES SOLU-TIONS PAR TOI-MÊME...
IL FAUT QU'ON DISCUTE ENSEMBLE DES SUJETS IMPOR-TANTS.

SMACK
TANT...

TU T'ES SENTI...
... COUPABLE DE M'AVOIR ENLEVÉ CETTE PERSPECTIVE D'AVENIR...
... PENDANT TOUT CE TEMPS ?
C'EST STUPIDE...

QU'EST-CE QUI...
... TE FAIT SOURIRE COMME ÇA ?
TU VAS PASSER LE RESTANT DE TA VIE MALHEUREUX, JE TE SIGNALE !
J'AI PRESQUE CRU...
... QUE TU PLEURAIS.
.....
ET PUIS QUOI ENCORE, IMBÉCILE !

CETTE IDÉE...
... ME PLAÎT BIEN !

QUE CETTE ÉVENTUALITÉ N'APPARAÎTRA PLUS JAMAIS DANS MA VIE ?
AUTREMENT DIT, JUSQU'À MA MORT…
… TU VAS CONTINUER DE ME VOLER…
… CETTE OPPORTUNITÉ ?
UNE PERSPECTIVE…
… « D'AVENIR HEUREUX » ?
C'EST ÇA !
À CAUSE DE TOI, JE SERAI MALHEUREUX POUR LE RESTANT…
… DE MES JOURS…
C'EST EXACTEMENT ÇA !

... EN RESTANT AVEC MOI, TU SERAS FORCÉMENT PRIVÉ DE CET AVENIR.
JE PENSAIS QUE ÇA NE ME PRÉOCCUPAIT PAS TROP...
... MAIS L'ENTENDRE AVEC DES MOTS...
... ÇA M'A FAIT UN CHOC.
ELLE EST INCROYABLE, CETTE FILLE...
EN GÉNÉRAL, LES GENS NE FONT PAS CE GENRE DE RE-MARQUE AUSSI DIRECTEMENT !
ELLE M'ÉPATE !
C'EST PLUTÔT RAFRAÎ-CHISSANT, À VRAI DIRE...
AUTREMENT DIT...
... CE GENRE DE FUTUR NE S'OFFRIRA PLUS À MOI...
C'EST ÇA QUE TU ESSAYES DE ME FAIRE COMPRENDRE ?

.....
OU DU MOINS, C'EST CE QUE JE PENSAIS...
.....
ENFIN, C'EST PAS TOUT À FAIT ÇA...
MOI, JE M'EN FICHE !
MÊME SI J'AVAIS ÉTÉ HÉTÉRO...
LE MARIAGE, LES ENFANTS, TOUT ÇA, ÇA NE M'AURAIT DE TOUTE FAÇON PAS TROP INTÉRESSÉ.
C'EST PAS MON TRUC...
MAIS...
TOI...

NI MARIAGE...
... NI ENFANTS.
TU NE POURRAS RIEN AVOIR DE TOUT ÇA !
NE ME DIS PAS QUE ÇA TE TRAVAILLE ?
ÇA NE ME TRAVAILLE PAS, NON...

Chapitre 26

JE TE RECONTACTERAI EN TEMPS VOULU POUR LES COURS.
EN ATTENDANT, JE NE VEUX...
... PLUS JAMAIS TE CROISER.
CLAC

C'EST AUSSI UNE CERTAINE FORME DE BONHEUR, JE N'EN DISCONVIENS PAS.
JE SAIS...
MAIS...
... PEUX-TU POUR AUTANT AFFIRMER QUE SANS MARIAGE ET SANS ENFANTS, NATSUKI ET MOI NE SERONS PAS HEUREUX DE NOTRE CÔTÉ ?
NON...
JE NE...
... CROIS PAS...
TU AS CONSCIENCE DE CE QUE TU VIENS DE DIRE ?
OUI...
DANS CE CAS...
... TU PEUX RENTRER CHEZ TOI.

ÇA NE ME...
... CON-CERNE...
... PAS, MAIS...
EN RESTANT AVEC NATSUKI, JE NE POURRAI NI ME MARIER NI AVOIR D'ENFANTS, D'ACCORD...
ET ALORS ?
QU'EST-CE QUE TU CHERCHES À NOUS DIRE, EXACTEMENT ?
ÉCLAIRE-MOI...
C'EST QUE... MOI...
... DANS LE FUTUR ...
... J'AIMERAIS BIEN ME MARIER ET AVOIR DES ENFANTS...
ENFIN JE CROIS...
.....
ALORS ...
D'AC-CORD ...
J'AIMERAIS VRAIMENT FONDER UNE FAMILLE ...
... HEU-REUSE ...
... ALORS ...
D'AC-CORD ...

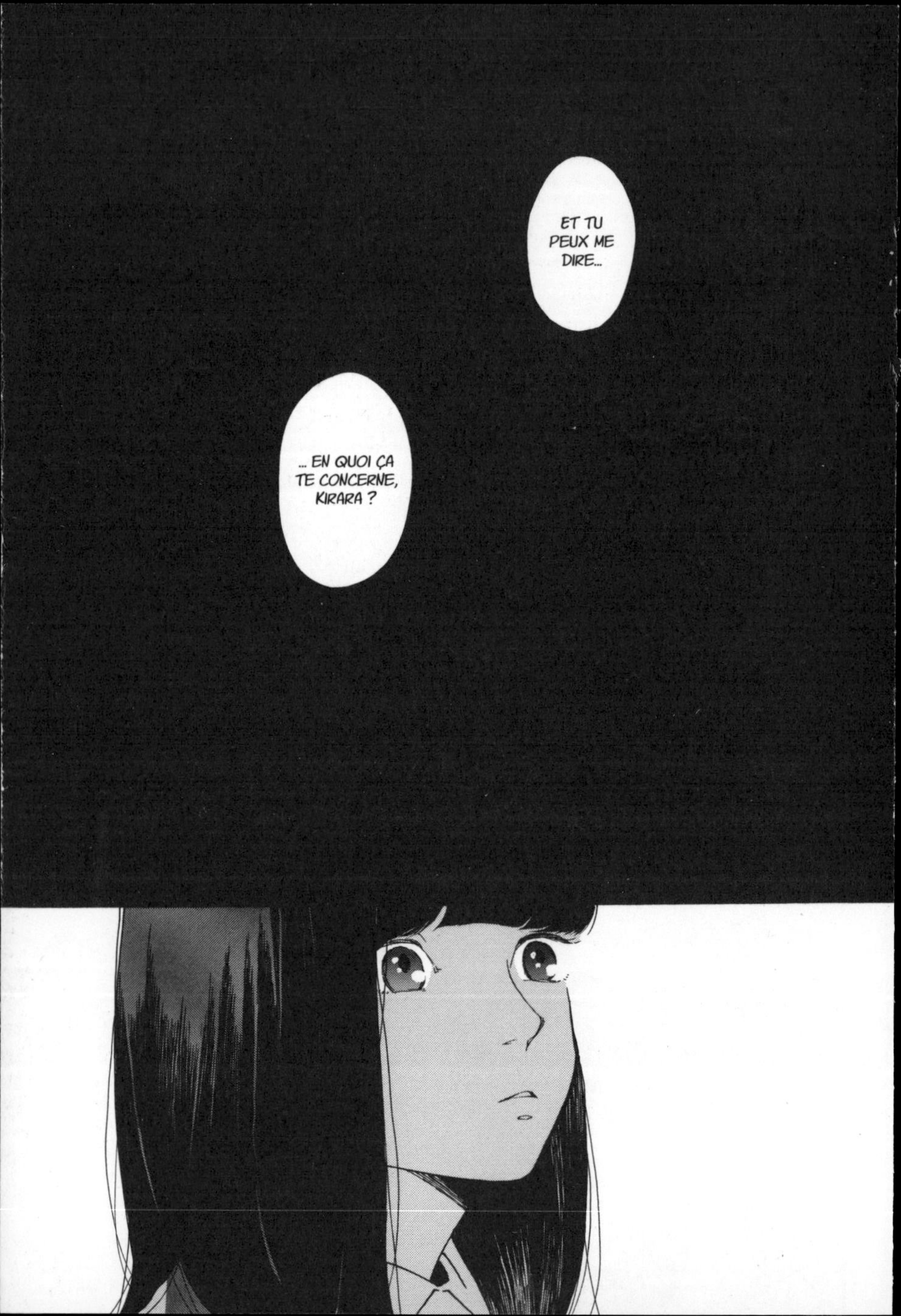
ET TU
PEUX ME
DIRE...
... EN QUOI ÇA
TE CONCERNE,
KIRARA ?

5

Blue sky complex
Kei Ichikawa

... TU NE POURRAS JAMAIS TE MARIER NI AVOIR D'ENFANTS !

HEIN ? MAIS...
ON DIRAIT UN GARÇON...
C'EST PARCE QUE C'EN EST UN.
TU AS DIT QUE...
... TU AVAIS UNE COPINE...
JE N'AI JAMAIS UTILISÉ CE MOT.
HEIN ?
MAIS...
HEIN ?
SÉRIEUSE-MENT ?
C'EST QUE...
AVEC UN AUTRE GARÇON...

FIXE
じっ
......
C'EST UN AMI À TOI ?
C'EST MON COMPAGNON.

KIRARA ?
QU'EST-CE QUE TU FAIS ICI ?
EUH...
JE...
FRSH
FRSH
TES LU-NETTES ...
TIENS !
TU ES VENUE EXPRÈS POUR ÇA ?
C'EST GENTIL, MAIS ÇA POUVAIT ATTENDRE DEMAIN. JE DEVAIS DE TOUTE FAÇON VENIR CHEZ TOI !
ZOPP

NATSUKI ?
HEIN ?
TIENS ?
QU'EST-CE QUE TU FABRIQUES...
... PLANTÉ DEVANT LA PORTE ?

AU FAIT...
PAR HASARD...
TU NE SERAIS PAS...
... SON ÉLÈVE ?

On vit ensemble.
......
C'EST PEUT-ÊTRE UN AMI QUI A LA CLÉ ?
OU...
... QUELQUE CHOSE DU GENRE...
QU'EST-CE QUE TU FABRIQUES...
... DEVANT CHEZ MOI ?

BOBOM
ドキ
VSH
ザッ
CLANG
TIENS ?
CE NE SERAIT PAS L'APPARTEMENT DU PROF ?

N'importe quoi, une vraie espionne aurait carrément plus de matos. Rien à voir avec moi !
DLING
Mais si, c'est pareil !
TAC
WHAM
C'EST PAS LUI...
DÉCEPTION
OH !
IL EST PLUTÔT PAS MAL.

DLING
Vous savez…
Plus le temps passe, plus je me sens vraiment comme une espionne !
Il en met du temps, à rentrer !
DLING
T'inquiète, t'es la meilleure des espionnes ! Où qu'il se planque, tu le trouveras !
J'ai trouvé !
Courage, miss l'espionne !
Je suis pas une espionne !
Il est rentré ?
Pas encore !

IL NE M'EMPÊCHERA JAMAIS DE BOIRE UN COUP, MAIS SOI-DISANT QUE JE DEVRAIS ME FREINER UN PEU !
IL PRÉFÉRERAIT QUE JE NE BOIVE QUE QUAND IL EST LÀ !
IL EST SURPROTECTEUR !
NON ?
BEN...
JE CROIS QUE JE COMPRENDS SON POINT DE VUE...
HEIN ?!
VOUS ÊTES SÉRIEUX, LES MECS ?!
IL FAIT GENRE D'ÊTRE TOUT SÉRIEUX MAIS IL NE VAUT PAS MIEUX !
JE LUI AI DÉJÀ SAUVÉ LA MISE PLUSIEURS FOIS, JE VOUS SIGNALE !
MOUAIS...
JE CROIS QUE C'EST PAS COMPARABLE...
VOUS ÊTES FOUS ?!
IL VOUS PAYE POUR DIRE ÇA OU QUOI ?!
MAIS OUI...

NATSUKI...
C'EST TOUJOURS COMME ÇA, CHEZ VOUS ?
COMME QUOI ?
QU'EST-CE QUE TU VEUX DIRE ?
.....
BEN...
TU TE SOUVIENS DE TOUTE LA SOIRÉE D'HIER ?
PSHHT
AH, ÇA...
JE ME SOUVIENS VAGUEMENT D'ÊTRE RENTRÉ À LA MAISON...
MAIS HONNÊTEMENT, JE NE ME RAPPELLE RIEN DE TOUT LE MOMENT OÙ J'ÉTAIS SAOUL !
HEIN ?
D'AILLEURS, COMMENT ÇA S'EST PASSÉ APRÈS LA SOIRÉE DE FIN D'ANNÉE ?
MOTOCHIKA ÉTAIT ÉNERVÉ ?
SCRITCH
C'EST VRAI QUE TU ÉTAIS COMPLÈTEMENT BOURRÉ, CE SOIR-LÀ !
IL T'A DIT QUELQUE CHOSE ?
ET COMMENT...
JE ME SUIS FAIT REMONTER LES BRETELLES !

AAAAH, JE VOIS...
Comment tu peux ne pas en être sûre ?
OUI...
Tu dois savoir ce dont tu as envie, non ?
C'EST PAS IMPOSSIBLE...
SBOF
TIENS, EN PARLANT DE LUI !!
J'AI RÉUSSI À CHOPER SON ADRESSE !
Hein ? Mais tu l'espionnes, en fait ?!
PAS DU TOUT !
À LA SUITE DE QUELQUES TRIBULATIONS, IL SE TROUVE QUE DEMAIN, APRÈS LES COURS, JE DEVRAI ALLER RAPPORTER SES LUNETTES CHEZ LUI !
Des tribulations ? C'est la première fois que j'entends quelqu'un utiliser ce mot dans une vraie conversation !
BREF, IL S'EST PASSÉ TOUT UN TAS DE TRUCS. JE VOUS RACONTERAI DEMAIN, LES FILLES !
Donc tu vas aller chez lui, et puis quoi ? Imagine si tu tombes nez à nez avec sa copine !
HEIN ?
BEN JUSTEMENT, JE SERAIS CURIEUSE DE LA VOIR !
Sérieusement ?!
N'importe qui détesterait cette idée !
AH OUI ?
VOUS NE SERIEZ PAS CURIEUSE DE LA VOIR, VOUS, À MA PLACE ?
Moi, certainement pas !
Moi non plus !
HEIN ?
AH NON ?
C'EST VRAI ?

JUSTEMENT, J'Y AI RÉFLÉCHI SÉRIEUSEMENT ! ET CE QUE JE VEUX VRAIMENT, C'EST ME MARIER...
... PAS SPÉCIALEMENT ALLER À L'UNIVERSITÉ.
JE VOUS ASSURE...
Moi je te comprends un peu. C'est clair que quand on voit comment s'entendent tes parents, ça fait envie !
C'est clair, le vrai couple idéal !!
C'est pas si étonnant que tu aies envie de leur ressembler…
.....
OUAIS...
C'EST À PEU PRÈS ÇA...
HA HA HA !
Écoutez-la, elle est gênée !
C'est quand même dommage avec les notes que tu as !
PEUT-ÊTRE, MAIS JE N'AI VRAIMENT PAS ENVIE D'ALLER À L'UNIVERSITÉ. JE NE ME CHERCHE PAS D'EXCUSE...
JUSQUE-LÀ, JE N'AI JAMAIS VRAIMENT DÛ ÉTUDIER BEAUCOUP POUR RÉUSSIR...
Et ça, c'est la classe !
Moi, je crois que celles qui veulent devenir femmes au foyer, de nos jours, ne choisissent pas la facilité…
C'EST CLAIR...
La vie est trop dure !!
Du coup, Kirara…
… c'est avec ton prof particulier que tu voudrais te marier ?

AH BON…
JE…
JE VOIS…
Au fait, pour la semaine prochaine…
… vous n'avez pas oublié qu'on doit rendre nos vœux pour l'université, hein ?
RAAAAH, J'AI MÊME PAS ENVIE D'EN PARLER !
VOUS CROYEZ …
… QUE LE PROF SERA FÂCHÉ SI J'ÉCRIS QUE CE QUE JE VEUX, C'EST ME MARIER ?
On croirait en-tendre une gamine !
J'aimerais tellement que rien ne change…
Ouais, rester au lycée pour toute la vie !
À la place du prof, je serais vénère !
Réfléchis-y sérieuse-ment !
CRSH
…..
C'est clair !

ET TOI, HARUKAWA, TU AS DES RÉTICENCES À CE SUJET ?
HEIN ?
MOI ? JE...
EUH...
PAS... PAS DU TOUT !
JE T'ASSURE !
ABSOLUMENT PAS...
MOI NON PLUS.
IL Y A UNE RAISON EN PARTICULIER QUI FAIT QUE TU SOIS SI...
... TOLÉRANT ?
EH BIEN...
POUR COMMENCER, JE N'AI JAMAIS ÉTÉ CONTRE L'HOMOSEXUALITÉ...
ET PUIS AUJOURD'HUI, J'AI PAS MAL D'AMIS GAYS DANS MON ENTOURAGE.
POUR MOI, ÇA A TOUJOURS ÉTÉ QUELQUE CHOSE DE NATUREL !

ILS S'EN-TENDENT QUAND MÊME DRÔLEMENT BIEN !
DIS...
TOWA...
OUI ?
QU'EST-CE QUI T'A FAIT COMPRENDRE QUE CES DEUX-LÀ ÉTAIENT ENSEMBLE ?
HMM...
JE DIRAIS QUE C'ÉTAIT SURTOUT UNE QUES-TION DE FEELING ET D'ATMOS-PHÈRE...
EN LES REGARDANT, J'AI SENTI QU'IL Y AVAIT QUELQUE CHOSE ENTRE EUX.
MÊME SI CE SONT TOUS LES DEUX DES HOMMES ? TU ES TRÈS OUVERT D'ESPRIT...

JE TE REMERCIE...
... DE M'EN AVOIR PARLÉ.
NE ME REMERCIE PAS, JE ME SERAIS SENTI MAL DE LE GARDER POUR MOI.
AH ! MAIS NE DIS SURTOUT RIEN À NATSUKI, HEIN !
....
ZZZ...
ZZZ...
TERASHIMA EST UN GROS BÉBÉ GÂTÉ, HEIN !
OUI...
C'EST LA PREMIÈRE FOIS QUE JE LE VOIS DANS CET ÉTAT...
Ça me perturbe !
C'EST SÛREMENT PARCE QU'IL EST IVRE...
POS-SIBLE, OUI...

Si on en est là aujourd'hui...
... c'est un peu parce que je lui ai forcé la main.
JE VOULAIS JUSTE TE PRÉVENIR, AU CAS OÙ...
ÇA N'A RIEN D'UNE MISE EN GARDE, RASSURE-TOI.
AH...

TU NE LUI AS RIEN FAIT, HEIN ?
MAIS NON !
QUOI, TU TE MÉFIES ENCORE DE MOI ?!
ÉVIDEMMENT ! AVEC LE COUP TORDU DE LA DERNIÈRE FOIS...
... JE ME MÉFIERAI TOUTE MA VIE !
AU CAS OÙ TU L'AURAIS OUBLIÉ, JE N'AI RIEN TENTÉ LA DERNIÈRE FOIS QU'IL ÉTAIT BOURRÉ !
......
D'AILLEURS, EN PARLANT DE CE FAMEUX COUP TORDU OÙ J'AI FAILLI ME FAIRE NATSUKI...
QUOI ?
CE SOIR-LÀ...
... IL M'A DIT QUELQUE CHOSE DE TRÈS INTÉRESSANT !
AH OUI ?

D'AC-
CORD...
REPOSE-TOI ENCORE UN PEU.
NNH...
FSHH
IL S'EST RENDORMI ?
Tiens, mange !
Et bois un coup !
HOP
QUOI ?

.....
NON, ÇA VA PAS... TU POURRAS M'ACHETER UNE GLACE TOUT À L'HEURE ?
CHOCOLAT MENTHE ?
HAHA !
TU ME CONNAIS BIEN !
C'EST BIEN...
JE VOIS QUE TU ES ENCORE LUCIDE.
J'AI MAL CALCULÉ MON COUP...
J'AI ENCORE LA TÊTE QUI TOURNE UN PEU.
ET JE SUIS CREVÉ...
POF
POF
SBOF
PORTE-MOI POUR RENTRER...

HEIN ?
IL A BU ?
BEN QUOI... IL A QUAND MÊME BIEN LE DROIT !
SURTOUT QU'IL AVAIT L'AIR DE S'ENNUYER COMME UN RAT MORT, SANS TOI !
ON EST POURTANT TOUT LE TEMPS ENSEMBLE, À LA MAISON...
CE N'EST PAS LE PROBLÈME !
Tu ne vas pas t'y mettre ?!
JE VOIS...
NATSUKI...
NATSUKI ?
EST-CE QUE ÇA VA ?
NNH...

TIENS ?
OÙ EST NATSUKI ?
OH... TU AS CHANGÉ DE LUNETTES !
AH OUI... C'EST VRAI QUE LES AUTRES ÉTAIENT CASSÉES !
JE NE SAIS PLUS QUELLE PIÈCE DE LA MONTURE EST CASSÉE, MAIS CE N'EST PAS TROP GRAVE. CELLES-CI SONT PROVISOIRES, LE TEMPS DES RÉPARATIONS.
AH, D'AC-CORD...
SI TU CHERCHES NATSUKI, IL DORT LÀ-BAS !
ZZZ

TIENS ?
ATTENDS... T'ES EN TRAIN DE ME PARLER DE TES HISTOIRES DE CŒUR, LÀ ?
OUAIS !
FSHHH
C'EST INCROYABLE, NON ?
CE N'EST PAS COMME S'IL ÉTAIT GAY, AVANT DE ME RENCONTRER, ET IL A PU DIRE ÇA SANS LA MOINDRE HÉSITATION !
ÇA A FAIT CHAVIRER MON CŒUR....
.....
ÉVIDEMMENT...
.....
.....
T'ES AU COURANT –
... QUE TA TÊTE SE BALANCE BIZARREMENT ?
VSH
VSH
HEIN ?
SÉRIEUSEMENT ?
JE M'EN DOUTAIS...
C'ÉTAIT PAS UNE BONNE IDÉE DE BOIRE AUTANT !
Va te reposer !

FSHHH
TU T'INQUIÈTES POUR MOTOCHIKA, HEIN ?
C'EST PAS VRAIMENT QUE JE M'INQUIÈTE...
.....
UN JOUR...
... JE NE SAIS PLUS TRÈS BIEN QUAND...
... JE LUI AI DEMANDÉ CE QUI L'EXCITAIT LE PLUS ENTRE LES FILLES ET LES MECS.
ET QU'EST-CE QU'IL A RÉPONDU ?
« TOI »...
C'EST TOUT...

COMBIEN DE TEMPS ÇA DOIT CUIRE, ÇA ?
JE CROIS QU'IL NE FAUT SURTOUT PAS QUE ÇA RESTE CRU, LE POULET...
J'EN SAIS RIEN...
FSHHH
TANT QU'ON LE CUIT ASSEZ, ÇA NE DEVRAIT PAS POSER DE PROBLÈME.
TU CUISINES, DE TEMPS EN TEMPS ?
JAMAIS !
CLAC CLAC
JE M'EN DOUTAIS...
AH !
ET MOTOCHIKA ?
AH, LUI...
HMMM...
JE TE LE DIRAI PAS !
TU NE VAS PAS RECOMMENCER ?!
ÇA NE TE COÛTE RIEN DE ME LE DIRE !
ALLEZ !
FSHHH
SI ! TE LE DIRE À TOI, ÇA ME COÛTE...
N'IMPORTE QUOI !

TSS
TU ME GONFLES SÉVÈRE...
EN PLUS, CE SONT DES INGRÉDIENTS DE CUISINE TOUT CE QU'IL Y A DE PLUS NORMAL. PAS LA PEINE D'ÊTRE AUSSI SURPRIS !
HEIN ? MOI JE TROUVE ÇA TROP COOL...
ÇA A L'AIR HYPER-BON !
C'EST VRAIMENT GÉNIAL !
NON SEULEMENT TU MANQUES DE DÉLICATESSE MAIS, EN PLUS, TU PEUX VRAIMENT ÊTRE SOURNOIS PARFOIS...
HEIN ? DE QUOI TU PARLES ?
PFFFFFF...
Et puis c'est quoi, ce soupir sans fin, là ?
DÉSOLÉ DE VOUS AVOIR LAISSÉS EN PLAN.
ON VA VOUS AIDER !
AH, MERCI !
J'AI LA DALLE ! QU'EST-CE QU'ON PEUT DÉJÀ MANGER ?
TOUT, JE PENSE...
SUPER, JE PRENDS ÇA, ALORS !
PLUS DE VIANDE, NORIYASU !
TU N'AS QU'À LA CUIRE TOI-MÊME !
OOH...
MOI JE VEUX BIEN CUIRE !
ARRÊTE DE TIRER LÀ-DESSUS !
FSHHH

... IL POURRA LE VOIR UNE FOIS QU'IL SERA RENTRÉ CHEZ LUI. TU CROIS QUE JE SUIS NUL DE PENSER COMME ÇA ?
ÉVIDEMMENT !
HMM...
ÇA NE TE FAIT PAS DE LA PEINE, À TOI, QU'IL N'AIT FINALEMENT PAS PU VENIR ?
BEN, FAUT DIRE...
... QUE CE N'EST PAS LA SEULE OCCASION QU'ON A DE LE VOIR !
RAAAH, T'ES NUL !
CARRÉMENT INSENSIBLE !
TU TRAÎNES TOUT LE TEMPS AVEC DES FILLES, POURTANT, T'AS AUCUNE DÉLICATESSE !
ET ALORS ? ÇA N'A RIEN À VOIR...
Coucou, Noriyasu !
BIEN SÛR QUE SI !
Ah, salut !
AU FAIT...
ÇA M'A L'AIR DRÔLEMENT BON, TOUT ÇA !
FRSH
TU AS L'HABITUDE DE FAIRE DES BARBECUES ? T'ES UN PRO ?
COMBIEN DE FOIS JE VAIS DEVOIR TE DIRE QUE C'EST MA PREMIÈRE FOIS !
.....
JE N'AI JAMAIS EU PERSONNE AVEC QUI ORGANISER...
... CE GENRE D'ÉVÉNEMENT...
DOOOM
AH OUI, TU N'AVAIS PAS D'AMIS !
C'EST VRAI !
PARDON, EXCUSE-MOI !

C'EST SÛR...
VOUS VOUS ENTENDEZ TELLEMENT BIEN, TOUS LES DEUX...
... QUE FINALEMENT...
... ÇA M'A ÉCHAPPÉ !
HAHA, LA BONNE EXCUSE !
C'EST VRAI, JE T'ASSURE.
BREF...
MERCI !
AU MOINS...
FSHHH
PFFF

À MON AVIS…
… NARASAKI A DÛ T'EN PARLER, MAIS…
IL M'EN A PARLÉ, OUI !
IL M'A DIT QUE TU AVAIS ÉTÉ TRÈS DIRECT !
ÇA M'A TROP FAIT RIRE !
OUI, C'EST VRAI…
J'AURAIS DÛ FAIRE PLUS ATTENTION, C'EST UN SUJET DÉLICAT POUR BEAUCOUP DE GENS.

Chapitre 25

350ml
POC
TU BOIS UN COUP ?
JE PEUX M'ASSEOIR ?

OUI...
IL A DIT DE COMMENCER SANS LUI.
D'ACCORD...
QUEL IMBÉCILE...

IL ÉTAIT CHEZ QUI ?
LA LYCÉENNE ...
... OU LES JUMEAUX ?
LA LY-CÉENNE...
JE VOIS...
MOI QUI ESPÉRAIS LE VOIR À L'ŒUVRE AU BARBECUE, C'EST LOUPÉ...
......
PFFF
J'AIMERAIS BIEN RENTRER...
HÉ, JE T'ENTENDS JE TE SIGNALE. C'EST PAS SYMPA !
HEIN ?
NARASAKI SERA EN RETARD ?

AAH...
OK...
JE ME DOUTE...
HEIN ?
......
OUAIS...
D'ACCORD ...
DÉPÊCHE-TOI, HEIN !
C'ÉTAIT MOTO-CHIKA ?
QU'EST-CE QU'IL RACONTE ?
IL EST ARRIVÉ QUOI À SES LUNETTES ?
BIP
IL LES A CASSÉES AU BOULOT.
LA MÈRE TIENT ABSOLUMENT À LES FAIRE RÉPARER...
... DU COUP, IL SERA EN RETARD.
AH BON...

AH !
OUAH !
KYAAAH !
HEIN... ?
TES LUNETTES ?
ET ?
DANS QUEL ÉTAT ELLES SONT ?

ALLEZ, JE NE VOUS DÉRANGERAI PAS ! JE VEUX BIEN RESTER ASSISE BIEN SAGEMENT DANS MON COIN !
J'AI DIT NON, C'EST NON.
ALLEEEZ, EMMÈNE-MOIII !
NON !
MÉ-CHANT...
TIENS ?
TES LUNETTES...
ON DIRAIT QUE LES VERRES SONT SALES.
HEIN ?
AH !
ZWIP
DÉSOLÉE DE VOUS AVOIR FAIT ATTENDRE, PROFESSEUR...
ENCORE MERCI POUR AUJOURD'HUI...
CRAC

POURQUOI ?
TU VAS À UN BARBECUE ?
TU M'ESPIONNES ?
QUOI, J'AI VU JUSTE ?!
C'EST MARRANT QUE TU TE FORCES À GARDER L'ESTOMAC VIDE !
C'EST VRAI QUE TU AS L'AIR D'AVOIR UN APPÉTIT DE MOINEAU !
UN APPÉTIT DE MOINEAU ?
JE NE PENSE PAS SPÉCIALEMENT, NON...
MAIS JE N'EN SAIS TROP RIEN.
DIS !
VOUS ORGANISEZ ÇA OÙ ?
C'EST À QUELLE HEURE ?
QUI IL Y AURA ?
AH !
IL SERA LÀ AUSSI, TON AMI FUNKY ?
J'AIMERAIS BIEN VENIR ! JE PEUX ?
OCCUPE-TOI DE TES EXERCICES !

GROOOOOWL
TU AS FAIM ?
JE MEURS DE FAIM, OUI.
TU VEUX QU'ON TE PRÉPARE DES BOULETTES DE RIZ ?
HAHA !
ÇA VA ALLER, MERCI...
JE PRÉFÈRE GARDER MON ESTOMAC VIDE.
MoMo

JE SUIS RENTRÉ !
SALUT !
DIS... T'AS DÉJÀ FAIT DES BARBECUES ? TU SAIS T'Y PRENDRE ?
ET T'ES LIBRE, LE WEEK-END PROCHAIN ?
C'est quoi cet interrogatoire ?
JE NE SAIS PAS TROP SI JE SAIS M'Y PRENDRE OU PAS...
... MAIS DISONS QUE J'AI UN PEU D'EXPÉRIENCE DANS LE DOMAINE, OUI.
ET SINON...
... JE SUIS LIBRE EN SOIRÉE.
ALLÔ, NORIYASU ? C'EST MOI...
C'EST OK POUR NARASAKI ET MOI, SAMEDI !
OUAIS...
OUAIS !
QU'EST-CE QUI EST OK ?
?

TIC
TAC
TIC
TAC
FSHHH
TIC
TAC
FSHHH
TIC
TAC
FSHHH
TIC
TAC
TIC
TAC
TAC
TIC
FSHHH
TAC
TIC
TAP
TAP
TAP
!
ガチャッ
CLAC

AU REVOIR, MONSIEUR NATSUKI !
ET MAGNEZ-VOUS LES PUCES DE RENTRER CHEZ VOUS !
MAIS ON N'A PAS DE PUCES, MONSIEUR !
C'ÉTAIT UNE EXPRESSION, ARRÊTE DE VOULOIR AVOIR LE DERNIER MOT !
FSHHH
......
CRIII
FSHHH
PLIC
PLIC
AH OUI, C'EST VRAI...
IL TRAVAILLE PLUS TARD, MAINTENANT.
CLAC

.....
BEN DIS QUELQUE CHOSE !
C'EST CHIAANT ...
VRAIMENT, CARRÉMENT, GRAVE RELOU...
CHIKA A DÉJÀ FAIT DES BARBECUES ?
AUCUNE IDÉE...
JE L'IMAGINE BIEN AVOIR L'HABITUDE !
AH BON ?
POURTANT, IL EST PLUTÔT CASANIER...
AH OUI ? JE CROYAIS QUE SA FAMILLE PARTAIT AU SKI TOUS LES ANS, EN HIVER ?
ILS ONT SÛREMENT DÉJÀ ORGANISÉ UN BARBECUE, NON ?
MOI, ÇA NE M'ÉTONNERAIT PAS !
BON, BEN JE LUI DEMANDERAI TOUT À L'HEURE !
IL A ENFIN COMPRIS...
KURISU RISQUE DE BOUDER SI ON NE L'INVITE PAS !
OUAIS, C'EST CLAIR. C'EST LE ROI DU BOUDIN !
JE VERRAI AVEC LUI...
JE COMPTE SUR TOI POUR CHIKA.
ÇA MARCHE...
MAIS N'EN ATTENDS PAS TROP !

AAAAAH...
UN BARBECUE, HEIN ?
青空レストラン
OUI ! ÇA NE TE DIRAIT PAS QU'ON S'EN FASSE UN CE WEEK-END ?
ON PEUT LOUER DU MATOS ASSEZ FACILEMENT !
J'EN AI JAMAIS FAIT...
T'INQUIÈTE, MOI NON PLUS !
JUSTEMENT, RAISON DE PLUS POUR S'INQUIÉTER !
TU POURRAIS AUSSI INVITER CHIKA !
ET PUIS...
.....
TOWA, C'EST ÇA ?

EUUH...
JE PEUX ?
ARRÊTE DE POSER LA QUESTION QUAND TU SAIS QUE LA RÉPONSE EST OUI !
Tu le fais exprès, hein ?!
MAIS NON !
MEN-TEUR !
JE T'AS-SURE !

SLURP
SMACK
SMACK
SMACK
FRSH
FRSHHH
GH...

ÇA NE TE PLAÎT PAS ?
C'EST VRAI QU'ON POURRA PASSER MOINS DE TEMPS ENSEMBLE...
JE N'AI PAS ENCORE RÉPONDU, JE PEUX TOUJOURS REFUSER.
FSH
AH...
NON...
CE N'EST PAS QUE ÇA ME DÉPLAÎT...
FIXE
ARRÊTE DE ME REGARDER !
TU ES SÛR ?
SÛR ET CERTAIN !
POUR DE VRAI ?
.....
TANT QUE TU RENTRES POUR LA NUIT, ÇA ME VA !
ESSAYE JUSTE DE NE PAS TE SURMENER...
D'ACCORD !

HEIN ?
TU VAS TRAVAILLER PLUS ?
OUI...
CHEZ LA LYCÉENNE ?
OUI...
TIENS !
Merci !
AVANT, C'ÉTAIT JUSTE POUR LA PRÉPARER POUR SES CONTRÔLES. MAIS ELLE AURA BIENTÔT SES EXAMENS D'ENTRÉE, C'EST PROBABLEMENT POUR ÇA.
ELLE M'A DIT VOULOIR AUGMENTER LA CADENCE DES RÉVISIONS.
AH !
Mes lunettes sont couvertes de buée...
EN GÉNÉRAL, J'ÉVITE DE VOIR PLUSIEURS MATIÈRES EN PARALLÈLE, MAIS BON... ON PEUT TOUJOURS ESSAYER.
AH BON...
D'ACCORD...

IL A UNE PETITE AMIE.
Hein ?
Sérieux ?!
APPAREMMENT, UNE FILLE QUI ÉTAIT DANS SA CLASSE AU LYCÉE.
Oooh !
EN PLUS, ILS VIVENT CARRÉMENT ENSEMBLE !
JE SUIS CHOQUÉE !
Ça n'a pas franchement l'air de te déprimer, Kirara !
HEIN ?
C'est clair…
En général, quand on apprend que le mec qu'on aime est déjà casé, ça fiche un sacré coup au moral !
OUI, JE PENSE PAREIL ! JE NE PEUX PAS TROP EXPLIQUER POURQUOI, MAIS JE CROIS QUE ÇA ME MOTIVE ENCORE PLUS !
C'EST BIZARRE…
Je peux pas t'aider…
C'EST GENRE LE MEC LE PLUS TACITURNE QUE JE CONNAISSE. IL EST MÊME CARRÉMENT INEXPRESSIF ! ÇA NE VOUS REND PAS CURIEUSES DE SAVOIR QU'IL A UNE COPINE ?!
On s'en fiche…
Hein ?
Du coup, ça veut dire que tu vas lui rentrer dans le lard ?
COMMENT ÇA ?
Tu vas foncer !
Ouais, vas-y !
BON ! JE FONCE, ALORS ?!
Yeaaah !

PROFESSEUR...
EST-CE QUE...
... TU AS UNE PETITE AMIE ?
YEP !
C'est toi, Kirara ?
Ah, voilà Kirara !
On t'attendait !
Alors ? Comment s'est passé ton plan ? Raconte !
Il y a de l'évolution ?
BFF(4)

OUI...

OOH ! ÇA DEVAIT T'ALLER COMME UN GANT !
COMMENT TU POURRAIS LE SAVOIR...
TU VOUDRAIS BIEN ME MONTRER, UNE PROCHAINE FOIS ?
JE ME SUIS DÉJÀ DÉBARRASSÉ DE MON UNIFORME.
MAIS TU DOIS BIEN AVOIR DES PHOTOS, NON ?
OUI...
DES PHOTOS, HEIN, JE VOIS...
J'AI DIT QUELQUE CHOSE DE BIZARRE ?
PFFT...
DIS...
DIS !
C'ÉTAIT CHOUETTE, POUR TOI, LE LYCÉE ?
......

C'EST MARRANT DE ME RETROUVER DANS LE COIN DES OUVRAGES D'ÉCOLE...
ON CROIRAIT QUE JE PRÉPARE UN EXAMEN D'ENTRÉE !
ENFIN, C'EST LE CAS...
D'AILLEURS, C'EST LA MEILLEURE EXCUSE QUE JE POUVAIS TROUVER POUR VENIR À LA LIBRAIRIE !
AU MOINS, CE N'EST PAS SUSPECT DU TOUT...
TU TROUVES QUELQUE CHOSE D'INTÉRESSANT ?
HEIN ?
QUOI ?
TU CHERCHES DES BOUQUINS DE RÉFÉRENCE, NON ?
AH !
OUI !
C'EST BIEN CE QUE JE CHERCHE !
Je cherche à fond !!
DANS QUELLES MATIÈRES ?
DIS... À QUOI IL RESSEMBLAIT, TON UNIFORME, AU LYCÉE ?
C'ÉTAIT UN GAKURAN ? UNE VESTE DE COSTUME ?
Et tes livres ?
UNE VESTE...

ET DIRE QUE C'EST KURISU QUI...
OUAIS, HEIN...
VENANT DE LUI C'EST BIZARRE !
NE ME DITES PAS QUE VOUS ME DÉTESTEZ ?!
QUOI...
AH !
TU VEUX QUE JE TE RACONTE LE JOUR OÙ J'AI TENTÉ MA CHANCE AVEC LUI EN LUI SAUTANT DESSUS ET QU'IL M'A VIOLEMMENT REMBARRÉ ?
HEIN ?!
TU VAS LUI RACONTER ÇA ?!
MOI QUI ME TAISAIS PAR ÉGARD POUR TOI...
Si j'avais su...

VOUS NE VOUS ÊTES JAMAIS DIT QUE FINALEMENT, VOTRE ENTOURAGE NE SE SOUCIAIT PAS TANT QUE ÇA DE VOTRE VIE ?
SI, ÇA ARRIVE...
PAS VRAI ?
ÇA, C'EST LA FAÇON DE VOIR LES CHOSES DES TOKYOÏTES...
TU VIENS D'OÙ, NORIYASU ?
DE TOYAMA...
AAAH, TOYAMA !
TOYAMA...
C'EST OÙ, ÇA, DÉJÀ ?
T'ABUSES...
AH !
ENFIN BON...
JE COMPRENDS MIEUX...
QUOI ?
DU COUP, TU FAISAIS AUSSI DES EFFORTS POUR CACHER TON ACCENT, HEIN ?
TING
.....
WHAM
IL ME SEMBLAIT BIEN QUE TU NE PARLAIS PAS TOUT À FAIT COMME D'HABITUDE...
J'AIME BIEN, ÇA SONNE CARRÉMENT PLUS NATUREL !
T'ES PAS D'ACCORD ?
ARRÊTE DE TOUJOURS CHERCHER MON APPROBATION !

COMMENT VOUS POUVEZ RÉAGIR AUSSI NATURELLEMENT, COMME S'IL N'Y AVAIT RIEN DE « BIZARRE » À ÇA ?
SIMPLEMENT PARCE QU'IL N'Y A RIEN DE BIZARRE !
PAS VRAI ?
C'EST PAS À MOI QU'IL FAUT LE DIRE...
J'EN AI ASSEZ...
JE ME SENS TELLEMENT BÊTE DE M'ÊTRE DONNÉ TOUT CE MAL POUR LE CACHER...
VRAIMENT...
.....
JE SUIS UN IMBÉCILE...
NO-RIYA-SU...
NE PLEURE PAS...
JE NE PLEURE PAS !
HAHAHA !
JE VOIS...
DE TOUTE FAÇON, LES GENS NE SONT PAS TOUS AFFECTÉS DE LA MÊME MANIÈRE PAR LES MÊMES CHOSES, C'EST COMME ÇA !
.....

ALORS COMME ÇA, NORIYASU, TOI AUSSI TU ES GAY...
......
......
......
HEIN ?
C'ÉTAIT ÇA VOTRE DISCUSSION PROFONDE ?
BEN...
OUI, POURQUOI ?
AAH !
JE VOIS !
BON, BEN TANT MIEUX !
JE M'ATTENDAIS À UN TRUC CARRÉMENT PLUS GRAVE !
PAR EXEM-PLE...
HMM...
GENRE QU'EN FAIT, T'ÉTAIS DIVORCÉ ET QUE TU DEVAIS PAYER LA PENSION ALIMENTAIRE DE TES TROIS GOSSES...
JE DOUTE QU'UN MEC DANS CETTE SITUATION SE LA COULE DOUCE À L'UNIVERSITÉ !
J'AVOUE !
COM-MENT...
HMM ?

C'EST TOI, KURISU !
Ça fait un bail !
C'EST QUOI CET AIR SÉRIEUX, VOUS DISCUTIEZ D'UN TRUC PROFOND ?
OUI, DONC MERCI D'ALLER FAIRE JOUJOU PLUS LOIN !
T'ES PAS SYMPA !
Hop là !
JE NE PLAISANTE PAS, TIRE-TOI D'ICI...
ÇA VA...
JE SUIS D'ACCORD...
... POUR LUI EN PARLER AUSSI.
?
ME PARLER DE QUOI ?
Tu es sûr ?
OOOH...

TU AVAIS DEVINÉ ?
QUOI ?
HEIN ?
EUH...
QUE...
QUE...
... J'AIMAIS LES HOMMES...
NON...
PAS DU TOUT.
HEIN ?
QU'EST-CE QUI TE FAIT CROIRE ÇA ?
EUH...
BEN, TU N'AS PAS EU L'AIR SURPRIS QUAND JE VOUS L'AI ANNONCÉ...
AH...
BAH, IL N'Y A PAS DE QUOI ÊTRE SURPRIS POUR SI PEU !
JE SUIS DU MÊME BORD, MOI AUSSI !
EH BIEN...
.....
C'EST VRAI, MAIS...
TIENS ?

......
......
DIS...
TU ÉTAIS AU COURANT ?

.....
QU'EST-CE QU'IL Y A ?
KIRARA ?
HEIN ?
OUAH !
PROFESSEUR ?!
« PROFESSEUR » ?
JE LUI DONNE DES COURS PARTICULIERS.
AAH...
QUELLE COÏNCIDENCE !!!
Je m'appelle Fujishiro.
Et moi, Kohiruimaki !
TU AS QUELQUE CHOSE À FAIRE À L'UNIVERSITÉ ?
ET TOI, TU AS FINI LES COURS ?
OUI, J'ALLAIS À LA LIBRAIRIE.
HEIN ?
GÉNIAL, JE PEUX VENIR AUSSI ?!
J'ai des bouquins de référence à acheter...
ÇA NE ME DÉRANGE PAS !

IL Y A QUELQUE CHOSE EN PARTICULIER QUI T'A FAIT ARRIVER À CETTE CONCLUSION ?
OUI...
UN ENSEMBLE DE CHOSES, PLUTÔT.
JE VOIS...
Qu'est-ce qu'il fait beau...
UN TYPE À LA COUPE DE CHEVEUX BIZARROÏDE, HEIN...
QU'EST-CE QUE TU AS PRÉVU ?
JE VAIS ALLER FAIRE UN TOUR À LA LIBRAIRIE.
CHOUETTE...
JE PEUX T'ACCOMPAGNER ?
FSH
OUI.

HA HA HA !
JE COMPRENDS MIEUX...
HIER ET PUIS AUJOURD'HUI, ÇA FAIT UN SACRÉ TIMING !
J'AI ÉTÉ UN PEU SURPRIS...
AVEC LE RECUL, JE ME RENDS COMPTE QUE JE T'AI POSÉ UNE QUESTION PLUTÔT EMBARRASSANTE.
IL Y A PAS MAL DE GAYS DANS MON ENTOURAGE, DU COUP ÇA M'EST VENU TOUT NATURELLEMENT. MAIS J'AVOUE QUE C'ÉTAIT UN PEU INDÉLICAT...
EXCUSE-MOI.
OH, NON...
ÇA NE FAIT RIEN !
VOUS VOUS ENTENDEZ BIEN TOUS LES DEUX, EN TOUT CAS !
TU TROUVES ?
OUI...
CE N'EST PAS PARCE QU'ON PASSE PLUS DE TEMPS ENSEMBLE QU'ON COMPREND FORCÉMENT TOUT L'UN DE L'AUTRE.
IL FAUT TOUJOURS DISCUTER DE CE QUI EST IMPORTANT.
SE DIRE QU'ON COMPREND L'AUTRE SANS FORCÉMENT CHERCHER PLUS LOIN, ÇA NE VA PAS !
QUOI, CE N'EST PAS LE CAS ?
BEN, SANS COMPARAISON C'EST DIFFICILE DE SAVOIR.
VOUS PARLEZ BEAUCOUP ?
JE CROIS.
C'EST BIEN, C'EST TRÈS IMPORTANT.

Chapitre 24

HMM...
AU FAIT...
NARA-SAKI...
TERASHIMA ET TOI, VOUS SORTEZ ENSEMBLE ?
.....
TU NOUS ESPIONNES, MA PAROLE ?
HEIN ?

DIS...
OUI ?
SI TU N'AS PARLÉ À PERSONNE DE NOTRE RELATION, C'EST PARCE QUE ÇA TE GÊNE ?
.....
BEN...
JE PENSAIS JUSTE QUE TU PRÉFÉRAIS RESTER UN PEU PRUDENT...
IL Y A DE ÇA AUSSI, ÉVIDEMMENT...
... MAIS DANS LE FOND, C'EST SURTOUT QUE JE...
HEIN ?
RIEN... LAISSE TOM-BER.
?
SI QUELQU'UN DE MON ENTOURAGE ME POSE LA QUESTION, JE PEUX LUI DIRE QU'ON EST ENSEMBLE ?
BIEN SÛR !
C'ÉTAIT DÉJÀ PLUS OU MOINS CE QU'ON AVAIT CONVENU AVANT, NON ?
OUI...
JE VOULAIS JUSTE ÊTRE SÛR.

SBOF
MERCI ...
... POUR AUJOURD'HUI !
HEIN ?
LE REPAS...
... QUE TU M'AS PRÉPARÉ...
AAH...
DE RIEN !
TU AS CHERCHÉ UNE RECETTE SUR INTERNET ?
NON, J'AI DEMANDÉ À MOMO...
TIENS, AU FAIT ! MON FRÈRE TE SOUHAITAIT UN PROMPT RÉTABLISSEMENT !
HMM...

5

Blue sky complex

Kei Ichikawa

5

Blue sky complex

Kei Ichikawa

ET SI…
… J'ALLAIS LE VOIR ?
Ah si, elle est là !
Qu'est-ce que t'as dit ?
KYAAAAAH
Tu vas aller le voir ?
Génial, c'est trop bien ! Tu prévois d'y aller quand ?

Tu sais s'il a une copine ?
HEIN ?
ÇA M'ÉTONNERAIT, VU LE LOOK QU'IL AVAIT AVANT !
C'est pas une raison, tu sais !
D'après toi, il a l'air casé ou pas ?
J'EN SAIS RIEN. J'EN SAIS RIEEEEN DU TOUUUUT…
Ça y est, son cerveau a encore planté !
Il a des bijoux ? Genre une bague, par exemple …
…..
Oh ?
J'ai vu juste ?
…..
Kirara, tu es toujours avec nous ?
Kirara ?
Elle est plus là…
Elle dort ?

... N'ARRIVE TOUJOURS PAS !
RAAAAAAAH ...
Il ne te calcule absolument pas !
Au fait, Kirara, c'est pas toi qui avais dit qu'il était ringard, pas du tout stylé et trop sévère ?
T'as aussi dit qu'il ne parlait jamais et qu'il était barbant !
MOUAIIIIIS, J'AI PEUT-ÊTRE DIT ÇAAA...
Depuis quand tu as changé d'avis ?
Sûrement depuis qu'on est toutes allées le voir à la sortie de la fac !
Ah oui ! C'est là qu'on s'est rendu compte qu'en fait, il était loin d'être ringard !
BFF(4)
C'EST PARCE QUE VOUS NE L'AVEZ PAS VU AVANT QU'IL SE COUPE LES CHEVEUX !
IL ÉTAIT VRAIMENT RINGARD, ON AURAIT DIT UN BOUSEUX ! ET C'EST VRAI QU'IL NE PARLE PRESQUE PAS !

JE SUIS TELLEMENT ÉMU !
C'EST FOU CE QU'IL PEUT AIMER SON PETIT FRÈRE…
DOOOOM
J'AURAIS DÛ LUI DEMANDER DE M'EN-VOYER UNE PHOTO !
IL NE L'AURAIT PROBABLE-MENT PAS FAIT…
SA RÉPONSE…

DE CHIKA ?
OUI !
IL A DIT « JE CROIS QUE C'ÉTAIT BON » !
TANT MIEUX !
IL CROIT ?
HEIN ?
EN TOUT CAS...
... IL ME SURPREND !
À LA MAISON, IL N'A JAMAIS PARLÉ D'UN SEUL DE SES AMIS.
JE PENSE QU'IL N'A MÊME JAMAIS PARTICIPÉ À UNE SEULE FÊTE D'ANNIVERSAIRE !
QUE CE SOIT EN PRIMAIRE, AU COLLÈGE OU AU LYCÉE, IL N'A JAMAIS AMENÉ UN SEUL POTE À LA MAISON...
... ET REGARDE-LE AUJOURD'HUI !
POUR ÊTRE HONNÊTE, ÇA M'INQUIÉTAIT DE VOIR QU'IL NE S'INTÉRESSAIT À PERSONNE D'AUTRE QU'À SA FAMILLE...
ET LÀ...
IL M'A TÉLÉPHONÉ EXPRÈS POUR AVOIR UNE RECETTE ET PRÉPARER UN BON PETIT PLAT À SON COLOCATAIRE MALADE, AU LIEU DE LUI ACHETER UN PLAT TOUT FAIT !
POUR UN DE SES AMIS, IL EST ALLÉ FAIRE LES COURSES, A PRÉPARÉ ET DÉCOUPÉ TOUS LES INGRÉDIENTS ET LES A FAIT CUIRE DANS UNE CASSEROLE...
LUI...

TU ES DÉJÀ GUÉRI...
ÇA VA ALLER !
Vous avez un nouveau message
AH !
J'AI REÇU UNE RÉPONSE !
ENFIN !

FRSH
FRSH
AH...
ATTENTION, TU RISQUES DE CHOPER MA CRÈVE...
ENFIN, ÇA DEVRAIT ALLER...

BIP
BIP
BIP
POURQUOI N'ES-TU JAMAIS CAPABLE D'ÊTRE HONNÊTE, QUAND TU ES AVEC HARU ?
.....
C'EST MÊME PAS VRAI, D'ABORD...
TU LUI EN VEUX ENCORE DE T'AVOIR BATTU QUAND VOUS VOUS ÊTES MESURÉS L'UN À L'AUTRE EN KARATÉ, LE JOUR DE LA CÉRÉMONIE D'ENTRÉE ?
JE NE LUI EN VEUX PAS...
C'EST PAS ÇA...
POF
TU T'ES ENFIN FAIT DES AMIS, ESSAYE DE PRENDRE SOIN D'EUX !

NATSUKI A VRAIMENT DIT ÇA ?
OUI...
DONC TU N'AS AUCUN SOUCI À TE FAIRE !
JE VOIS...
VRR
VRR

SNIF
JE POURRAI REVENIR VOUS PARLER, SI J'EN AI BESOIN ?
ÉVIDEMMENT !
PAS VRAI ?
AAAH... MOUAIS...
MAIS N'ABUSE PAS !
TU CONNAIS LA ROUTE ?
J'AI UNE APPLI GPS, JE VAIS ME DÉBROUILLER.
D'ACCORD.
JE SUIS VRAIMENT DÉSOLÉ D'AVOIR DÉBARQUÉ COMME ÇA, À L'IMPROVISTE.
NATSUKI ÉTAIT MALADE, EN PLUS...
PRÉSENTE-LUI ENCORE TOUTES MES EXCUSES EN RENTRANT.
« POUR VENIR À CETTE HEURE, IL DOIT AVOIR BESOIN DE NOUS PARLER DE QUELQUE CHOSE DE TRÈS IMPORTANT. »
HEIN ?
« IL FAUT QU'ON L'ÉCOUTE. »
C'EST CE QU'IL A DIT...
HEIN ?

UH...
JE SUIS TOMBÉ AMOUREUX...
ÇA FAISAIT...
... TEL-LEMENT LONG-TEMPS ...
.....
UUH...
JE N'ARRI-VAIS PLUS À LE GARDER POUR MOI, J'ÉTAIS SUR LE POINT D'EXPLO-SER...
UH...
JE SUIS DÉSOLÉ...
C'EST BON !
NE T'EN FAIS PAS !
TU VEUX RESTER ICI...
... POUR LA NUIT ?
UH...
MERCI...
... MAIS ÇA VA ALLER...
UH...
UH...
JE ME SENS BEAUCOUP MIEUX MAINTENANT QUE J'AI CRACHÉ LE MORCEAU...
DÉSOLÉ DE M'ÊTRE INCRUSTÉ SI TARD...
FRSH
FRSH
TU RENTRES CHEZ TOI ?
ATTENDS AU MOINS D'ÊTRE REMIS DE TES ÉMOTIONS...
SNIF
VRR
VRR
ÇA VA ALLER, MERCI.
DITES...

T'ES SÉRIEUX, LÀ ?
CE MEC...
... À LA COUPE DE CHEVEUX BIZARROÏDE ?!
À LA COUPE DE CHEVEUX BIZARROÏDE...
JUSTE-MENT, ÇA FAIT PARTIE DE CE QUE J'AIME CHEZ LUI...
IL A SON PROPRE STYLE ET NE SE SOUCIE PAS LE MOINS DU MONDE DE CE QU'EN PENSENT LES AUTRES...
UN ANCIEN COIFFEUR DE 35 ANS, CÉLIBA-TAIRE, QUI REPREND LES COURS À LA FAC. SON PARCOURS EST TELLEMENT ATYPIQUE, JE TROUVE ÇA TROP CLASSE !
C'EST DE ÇA...
... QUE TU VOULAIS NOUS PARLER, ALORS ?
UUH...
UH...
HIC...
UH...
UH...
SNIF...
UH...
UUH...

HEIIIIN ?!
QUOI ?
SURSAUTE
びくっ
ÇA...
ÇA VOUS SURPREND ?
ET COMMENT !
HEIN... ?
NAN MAIS...
SÉRIEU-SEMENT ?!
C'EST PLUTÔT ÉTONNANT, OUI !
ÇA VA...
IL N'Y A QUAND MÊME PAS DE QUOI SE METTRE DANS UN ÉTAT PAREIL !
C'EST VRAIMENT CE QUI VOUS SURPREND LE PLUS DANS TOUT CE QUE JE VIENS DE VOUS RÉVÉLER AUJOURD'HUI ?!

.....
UH...
UH...
.....
UH...
UH...
UUH...
POF
HIC...
UH...
UH...
UH...
UUH...
ET...
... DU COUP...
... JE SUIS...
... A...
.....
UH...
... AMOUREUX... DE...
.....
... DE TOWA...

... UN JOUR, EN RENTRANT CHEZ MOI LE SOIR, J'AI VU PAR HASARD UN COUPLE D'HOMMES SE TENIR PAR LA MAIN ET S'EMBRASSER...
AH !
TU VOIS ?!
TOUTES MES EXCUSES...
On dirait qu'on a été vus...
ET PUIS...
... JE ME SUIS DIT QU'AVEC EUX, JE POURRAIS PEUT-ÊTRE...
... EN PARLER...
... ET...
VOUS SAVEZ ...
JE...
J'AI BESOIN D'EN PARLER...
... À QUEL-QU'UN ...
UH...
C'EST...
UUH...
C'EST ...
UH...
UUH...
.... DIFFI-CILE... .....

Je n'ai jamais été persécuté et mes camarades ne m'ont pas mis à l'écart.
Mais je n'en pouvais plus de leur comportement, presque trop indulgent et sans la moindre once de malice.
Face à eux, qui faisaient tout leur possible pour me comprendre, je me suis mis à me poser beaucoup de questions et à refouler celui que j'étais vraiment.
Au lycée, j'ai toujours fait attention à ne pas trop éveiller la curiosité et l'engouement des autres.
Je suis venu à Tokyo pour fuir mon environnement...
... j'ai échoué une première fois à entrer à l'université...
... puis j'ai tant bien que mal réussi mon examen.
J'AI TOUJOURS ESSAYÉ D'ÉVITER...
... DE ME LIER UN PEU TROP...
... AVEC QUI QUE CE SOIT.
J'AI CONTRÔLÉ MES GESTES ET MES PAROLES POUR NE PAS QU'ON ME VOIE « DE CETTE FAÇON ».
ALORS...
... J'AI TOUJOURS PRIS LE PLUS GRAND SOIN À NE PAS FAIRE ENTRER DES GENS...
... DANS CETTE CATÉGORIE À LA LÉGÈRE, DE MON CÔTÉ.
POURTANT...

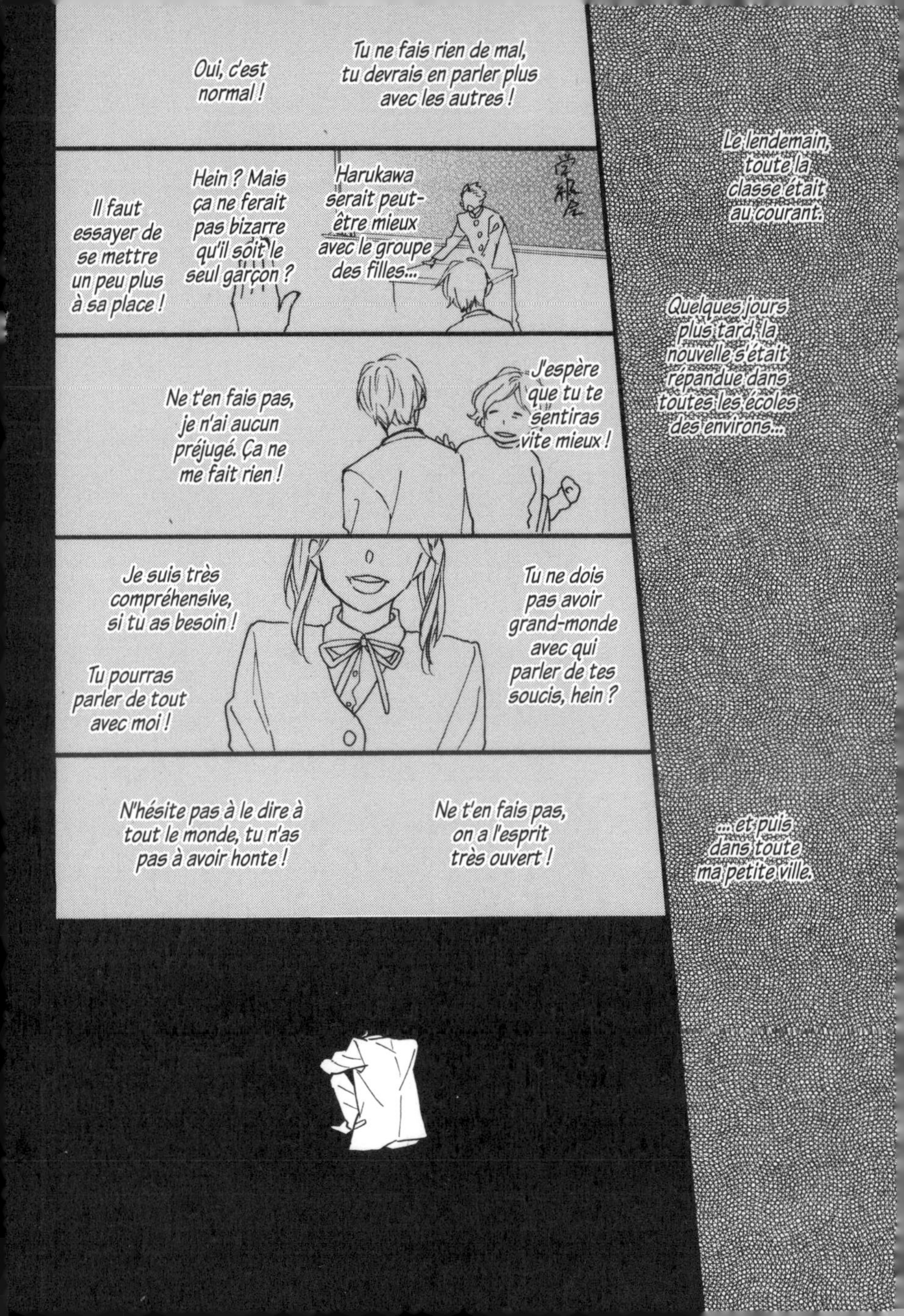
Tu ne fais rien de mal, tu devrais en parler plus avec les autres !
Oui, c'est normal !
Harukawa serait peut-être mieux avec le groupe des filles...
Hein ? Mais ça ne ferait pas bizarre qu'il soit le seul garçon ?
Il faut essayer de se mettre un peu plus à sa place !
Le lendemain, toute la classe était au courant.
J'espère que tu te sentiras vite mieux !
Ne t'en fais pas, je n'ai aucun préjugé. Ça ne me fait rien !
Quelques jours plus tard, la nouvelle s'était répandue dans toutes les écoles des environs...
Tu ne dois pas avoir grand-monde avec qui parler de tes soucis, hein ?
Je suis très compréhensive, si tu as besoin !
Tu pourras parler de tout avec moi !
Ne t'en fais pas, on a l'esprit très ouvert !
N'hésite pas à le dire à tout le monde, tu n'as pas à avoir honte !
... et puis dans toute ma petite ville.

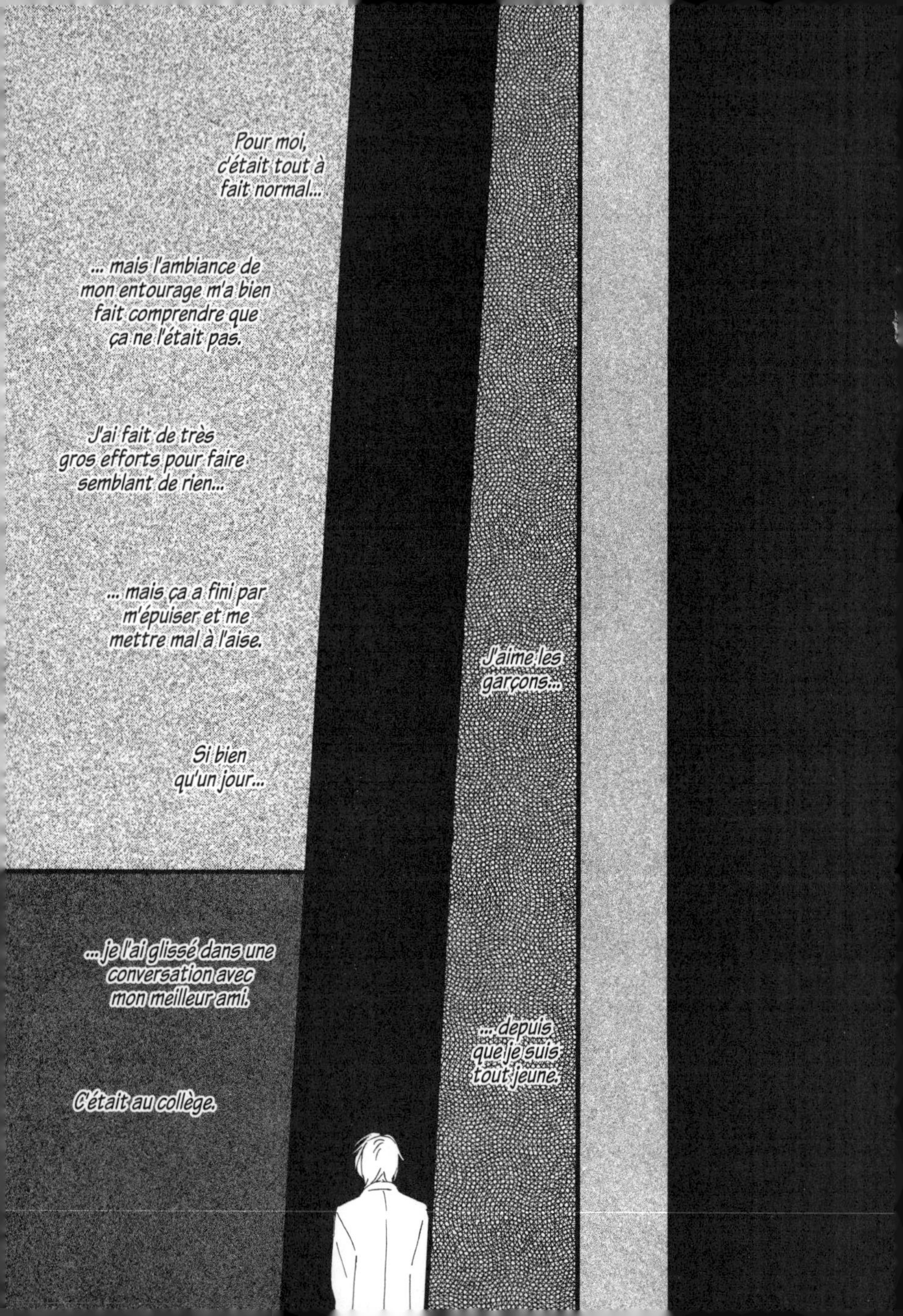
J'aime les garçons...
...depuis que je suis tout jeune.
Pour moi, c'était tout à fait normal...
... mais l'ambiance de mon entourage m'a bien fait comprendre que ça ne l'était pas.
J'ai fait de très gros efforts pour faire semblant de rien...
... mais ça a fini par m'épuiser et me mettre mal à l'aise.
Si bien qu'un jour...
...je l'ai glissé dans une conversation avec mon meilleur ami.
C'était au collège.

BEN, C'EST UN PEU GÊNANT D'EN PARLER, OUI...
... MAIS COMME POUR N'IMPORTE QUI !
« TIENS AU FAIT, IL Y A UN GARÇON QUE J'AIME BIEN ! TIENS, MAINTENANT ON A COMMENCÉ À SORTIR ENSEMBLE »...
JE ME VOIS MAL DIRE...
... CE GENRE DE TRUC !
MOI ÇA NE ME GÊNE PAS SPÉCIALEMENT...
HEIN ? MAIS ATTENDS !
JE CROYAIS QUE C'ÉTAIT AUSSI POUR ÇA QUE TU NE VOULAIS PAS SPÉCIALEMENT EN PARLER !
ÇA CRAINT UN PEU...
ON DEVRAIT DISCUTER DE CE GENRE DE CHOSES !
EN FAIT TU NE FAIS QUE SUIVRE LE MOUVEMENT, T'ES GÊNANT !
J'ÉTAIS PERSUADÉ QUE TU NE VOULAIS PAS EN PARLER PARCE QUE TU N'AVAIS PAS BEAUCOUP D'EXPÉRIENCE...
GH...
QUE J'EN AIE OU NON NE CHANGE RIEN DU TOUT ! PARLER D'AMOUR, C'EST PAS MA TASSE DE THÉ !
ET PUIS...
UUH...
UH...
UH...
UH...
REGARDE, TU L'AS FAIT PLEURER...
HEIN ?!
QUI ÇA, MOI ?!
N'IMPORTE QUOI !
ET PUIS D'ABORD...
... QU'EST-CE QUI LUI PREND ?!

ENFIN, VOUS VOYEZ, QUOI...
DE...
HONTE DE QUOI ?
.....
D'AIMER...
... LES HOMMES...
ON N'A JAMAIS RESSENTI LA MOINDRE HONTE À AIMER UN AUTRE...
MAIS VOUS NE VOUS EN VANTEZ QUAND MÊME PAS !!

EUH...
DÉSOLÉ, JE VAIS ÊTRE...
... PLUTÔT DIRECT, MAIS...
... EST-CE QUE VOUS SORTEZ ENSEMBLE, TOUS LES DEUX ?
OUI.
QUOI, C'EST JUSTE POUR NOUS DEMANDER ÇA QUE TU AS FAIT TOUT CE CHEMIN ?
JE NE SAIS PAS SI ON PEUT DIRE...
... QUE TU NOUS AS « GRILLÉS ».
ON N'A JAMAIS SPÉCIALEMENT EU L'INTENTION DE SE CACHER.
ON NE L'A JUSTE PAS CRIÉ SUR TOUS LES TOITS...
TU NE...
... TE DEMANDES PAS COMMENT JE VOUS AI GRILLÉS ?
MAIS SI VOUS NE L'AVEZ DIT À PERSONNE...
... C'EST PARCE QUE VOUS AVEZ HONTE ?
HONTE DE...

Häagen-Dazs
ショコラミント
.....
.....
.....
TU ÉTAIS MALADE, ALORS ?
OUI, MAIS ÇA VA BEAUCOUP MIEUX !
JE VOIS...
ALORS ?
QU'EST-CE QUE TU VEUX ?
.....

COMMENT TU TE SENS ?
JE N'AI PLUS DE FIÈVRE ET JE ME SENS BEAUCOUP MOINS LOURD...
CE PETIT REPAS M'A FAIT BEAUCOUP DE BIEN !
Je vois...
DANS CE CAS, JE N'Y VOIS AUCUN INCONVÉNIENT.
MAIS...
... POURQUOI IL VEUT VENIR ?
JE N'EN SAIS RIEN...
MAIS BON...
Achète-nous des glaces en venant.

LINE
Nouveau message
Ouvrir
VRR
VRR
......
C'est délicieux...
JE DEVRAIS PEUT-ÊTRE ME METTRE À CUISINER...
QU'EST-CE QUI T'ARRIVE ? TU N'AS PAS SOMMEIL ?
C'EST NORIYASU...
IL EST EN ROUTE POUR VENIR CHEZ NOUS.
HEIN ?
HEIN ?

FSHH
FSHH
DOMMAGE QUE MON SENS DU GOÛT M'AIT LÂCHÉ POUR LA DEUXIÈME MOITIÉ...
QUEL GÂCHIS...
Ça avait l'air vraiment bon !
JE N'AI PAS SOUVENT EU L'OC-CASION DE GOÛTER À SA CUISINE...
Tu as mis du riz à cuire ?
Oui...
Tu cuisines quelque chose ?
BIIIP
GROOOWL
C'est ce que j'avais prévu, mais...
... j'ai grave la flemme !
Tu le mettras au frigo, comme d'hab, et on sort manger un truc !
Ouais...
BOBOM
C'EST FOU QU'IL AIT PRÉPARÉ À MANGER RIEN QUE POUR MOI !
En temps normal, j'aurais toujours pu aller me gratter !
BON SANG, ÇA FAISAIT LONGTEMPS QUE MON CŒUR N'AVAIT PAS TAMBOURINÉ COMME ÇA !
RAAAAAH
VROUSH
VRR
VRR
AH !
ÇA CRAINT !
JE CROIS QUE JE VAIS CREVER !

MAIS SI ÇA TE PLAÎT AU MOINS UN PEU...
... JE SUIS CONTENT !
J'AI BIEN MAN-GÉ...
TANT MIEUX.
TU PEUX ALLER TE COU-CHER !
D'AC-CORD

FSHH
FSHH
....
C'EST BON...
.....
ALORS ?
HEIN ?
ALORS QUOI ?
LE GOÛT...
HEIN ?
LE GOÛT ?
BEEEN...
.....
C'EST DÉLICIEUX.
MAIS...
VRAIMENT ?
TU ES SÛR DE NE PAS TE FORCER ?
HEIN ?
NON...
OUF... TANT MIEUX !
HEIN ?
J'ÉTAIS SUPER-NERVEUX !

IL Y A DE L'ŒUF...
Dans la bouillie.
HEIN ?
TU AURAIS PRÉFÉRÉ NATURE ?
NON, JE PRÉFÈRE AVEC DE L'ŒUF...
VRAIMENT ? BON, TANT MIEUX ALORS...
......
......
ÇA VA REFROIDIR...
AH !
OUI...
BON APPÉTIT...
VAS-Y.

FRSH
....
NNNH ... ?
MNNGH
DÉSOLÉ, JE T'AI RÉVEILLÉ ?
NON
COMMENT TU TE SENS ?
ÇA VA...
... BEAUCOUP MIEUX.
TANT MIEUX !
TON REPAS EST PRÊT, TU AS FAIM ?
UN REPAS ?
QUI L'A PRÉPARÉ ?

.....
TAC
C'EST QUOI...
... CE BRUIT ?
AA AH...
JE CROIS QUE JE ME SENS MIEUX...
IL FAUT DIRE QUE J'AI PASSÉ LA JOURNÉE À DORMIR !
CLAC
TAC
TAC
TAC
TIENS...
DANS LA LUNE
FSHHH
MAIS AU FAIT...
... ÇA SENT DRÔLEMENT BON !
FRSH
AH...
.....
FRSH
NAT-SUKI...

OUI...
ALLEZ, À PLUS...
PRENEZ SOIN DE VOUS !
SALUT...
Il a dit que j'étais sa grande sœur !
VLAM
CLAC
ZZZZ
TAC
TAC
TAC
CLANG
CLANG

Tu penses qu'il pourrait avaler de la bouillie de riz ?
En y ajoutant un peu de goût, peut-être ?
Tu m'entends ?
OUI, J'AI ENTENDU…
MAIS…
… je ne sais pas trop.
Bon ! Dans le doute, je vais en préparer plusieurs.
FRESH
Je vais demander à Momo de t'envoyer des recettes sur LINE.
D'AC-CORD…
MERCI !
TU ME SAUVES LA VIE !
VOUS CUISINEZ ? JE ME SOUVIENS QUE TU AVAIS EMPORTÉ DES USTENSILES, AU CAS OÙ, MAIS…
Non, pas vraiment.
On se cuit juste un peu de riz, de temps en temps.
C'EST ENVOYÉ !
ELLE DIT QUE C'EST ENVOYÉ !
AH !
C'EST BON, C'EST BIEN REÇU !
N'hésite pas à m'appeler si tu as la moindre question ou hésitation !
TAP
D'AC-CORD.
TU AURAIS DÛ POSER LA QUESTION DIRECTEMENT À MOMO !
ELLE EST UN PEU COMME TA SŒUR, MAINTENANT.
Je ferai ça la prochaine fois !

MALADE ?
NATSUKI ?
OUI...
ET JE NE SAIS PAS TROP QUOI LUI PRÉPARER À MANGER !
MOI...
... QUAND JE SUIS MALADE, MON APPÉTIT N'EST PAS DU TOUT AFFECTÉ, ALORS...
Oui…
C'est vrai que la dernière fois, tu t'es même resservi du porc pané !

Chapitre 23

HEIN ?
TU ES PRESSÉ ?
POURQUOI ?
J'AI QUELQUE CHOSE DE PRÉVU.
HEIN ?
AH...
AT-TENDS !
MAMAN ! LE PROF S'EN VA !
HEIN ?
AH BON ?
TOUTES MES EXCUSES, JE SUIS UN PEU PRESSÉ CE SOIR...
IL N'Y A PAS DE SOUCI, MERCI POUR TOUT !
AU REVOIR !
HOCHE
CLAC
C'EST PLUTÔT RARE, LUI QUI EST TOUJOURS SI CALME...
UNE URGENCE...
... PEUT-ÊTRE ?
MNNGH
LE DÎNER EST PRÊT, KIRARA !
J'ARRIVE !

SCRITCH
SCRITCH
SCRITCH
SCRITCH
ICI...
... ET LÀ AUSSI...
HEIN ?
... TU T'ES TROMPÉE.
REGARDE CETTE ÉQUATION...
AH...
AAAAAAH !
ON COMMENCERA PAR REVOIR CET EXERCICE LA SEMAINE PROCHAINE, ALORS RETRAVAILLE-LE BIEN !
D'AC-CORD...
JE SUIS UN PEU PRESSÉ, ON VA S'ARRÊTER LÀ POUR AUJOURD'HUI !
MNNGH

AU FAIT ! TOUT À L'HEURE J'AI CROISÉ HARU, À LA GARE À CÔTÉ DE LA FAC !
AH BON ?
QU'EST-CE QU'IL FAISAIT LÀ ?
AUCUNE IDÉE...
IL ÉTAIT PRESSÉ ET IL A DÛ PARTIR...
HMM...

.....
JE SAVAIS PAS QUE T'ÉTAIS DU GENRE À FAIRE ÇA...
MOI NON PLUS...
JE ME SUIS DIT QUE PERSONNE NE NOUS CONNAISSAIT, ICI, ET J'EN AI EU ENVIE.
En plus, il fait nuit.
NORIYASU HABITE DANS CE COIN !
AH !
BAH, TANT PIS...
ON RENTRE ?
OUI...
J'ai le visage brûlant...

JE VOYAIS BIEN QUE ÇA TE GÊNAIT...
C'ÉTAIT SURTOUT POUR T'EMBÊTER !
TOI ALORS, JE TE JURE...
ET PUIS IL FAUT BIEN AVOUER QUE PLUS TU AVAIS L'AIR EMBÊTÉ, PLUS ÇA M'EXCITAIT !
Évidemment !
PARCE QU'IL Y AVAIT LE FRISSON QUE LES AUTRES NOUS SUR-PRENNENT, C'EST ÇA ?
JE VOIS...
C'EST L'IDÉE...
C'EST BIEN QUE TU COM...
... PREN-NES ...

CRR
C'EST UN PEU EMBARRASSANT, TU SAIS, CE GENRE DE TRUC...
HEIN ?
TU TROUVES ?
ÉVIDEMMENT !
ET PUIS QU'EST-CE QUI TE PREND, D'UN COUP ?
C'EST SYMPA, DE TEMPS EN TEMPS.
ET PUIS AU LYCÉE, ÇA NE TE DÉRANGEAIT PAS DE FAIRE UN TAS DE TRUCS DEVANT LES AUTRES !
AH, ÇA...

C'EST TOUT ?
OUI.
.....
BON, BEN ÇA VA ALORS.
OUI.
PRENDS MA MAIN !
D'ACCORD...
MERCI.
.....
HEIN ?

PARDON DE T'AVOIR FAIT AT-TENDRE...
C'EST RIEN !
Ben alors ?
ÇA NE VA PAS ?
IL S'EST PASSÉ QUELQUE CHOSE ?
HEIN ?
BEN, ME TÉLÉPHONER COMME ÇA POUR ME DEMANDER DE T'ATTENDRE...
AAH...
J'AVAIS ENVIE DE TE VOIR LE PLUS RAPIDEMENT POSSIBLE !

NATSUKI !

?
AU FAIT...
IL VIENT...
... ENCORE ?
Noriyasu...
OUI, JE PENSE QU'IL VIENT TOUS LES JOURS !
EN PARLANT DE ÇA, TOI AUSSI TU VIENS SOUVENT À LA FAC, CES TEMPS-CI !
OUAIP !
JE PRENDS MON RÔLE D'ÉTUDIANT À CŒUR !
PAS MAL, HEIN ?
PAS LA PEINE DE TE LA PÉTER, C'EST NORMAL DE VENIR EN COURS !
T'ES PAS SYMPA...

HEIN ?
QUOI ?
QU'EST-CE QUE TU FAIS ICI ?!
EUH...
EH BIEN, JE...
AH ! MAIS OUI, TON UNIVERSITÉ EST PRÈS D'ICI...
..... C'EST VRAI...
EUH...
AH... JE...
JE DOIS ABSOLUMENT ALLER ACHETER UN BOUQUIN, DÉSOLÉ ! À PLUS !
DASH
たっ
HEIN ? D'ACCORD...

Train en approche au quai numéro 1...
Veuillez rester derrière la ligne jaune...
Train en approche au quai numéro 1...
HARU ?
C'EST BIEN TOI ?
BROOOM
QU'EST-CE QUE TU FABRIQUES ICI ?

.....
ÇA, C'EST À LUI D'EN DÉCIDER. JE N'AI PAS MON MOT À DIRE !
T'ES TROP MIGNON !
JE PEUX RETENTER MA CHANCE ?
POURQUOI PAS, SI T'ES PRÊT À TE FAIRE FRAPPER JUSQU'À EN PERDRE TOUTES TES DENTS...
HAHAHA !
TIENS ?
AU FAIT, OÙ EST NORIYASU ?
AUCUNE IDÉE...
JE NE LE VOIS PAS BEAUCOUP CES TEMPS-CI...

PFFT !
HA !
DIS DONC...
TU TROUVES ÇA DRÔLE, TOI ?
BEN, C'EST QUE...
... T'ES...
... DRÔLEMENT MIGNON !
MINCE ALORS !
SI J'AVAIS SU, JE T'AURAIS FILMÉ POUR MONTRER À MOTOCHIKA !
TSS
TU DEVRAIS LUI DIRE TOUT ÇA, JE PENSE QUE ÇA LUI FERAIT PLAISIR !
.....
PAS QUESTION !
BEN POURQUOI ?
QUE JE LE LUI DISE OU PAS, ÇA NE CHANGE RIEN AU FAIT QU'IL A PASSÉ UN ACCORD AVEC LES PARENTS DE CETTE FILLE.
IL NE VA PAS CHANGER DE BOULOT JUSTE PARCE QUE JE LUI FAIS UN CAPRICE. ON N'EST PLUS DES GAMINS !
C'EST POSSIBLE, MAIS...
... IL N'AURAIT PEUT-ÊTRE PAS ENVIE DE POURSUIVRE UN BOULOT QUI AFFECTE AUTANT LE MENTAL DE SON COPAIN !

AU FINAL...
C'EST PAS TANT QUE JE SOIS INQUIET OU PAS QUI ME POSE PROBLÈME...
HEIN ?
C'EST PLUTÔT QUE ÇA M'ÉNERVE...
POF
HEIN ?
FRANCHEMENT...
CRR
POURQUOI IL LUI A DONNÉ SON PSEUDO LINE ?!
C'EST ÉVIDENT QU'ELLE VA SE FAIRE DES FILMS, MAINTENANT !
À CET ÂGE-LÀ, LES ADOS FANTASMENT SUR À PEU PRÈS TOUT CE QUI A DEUX OU TROIS ANS DE PLUS QU'EUX !
LE SEUL MOYEN DE PRÉSERVER SON CŒUR, C'EST DE NE PAS LA LAISSER VOIR À L'INTÉRIEUR...
IL FAUT QU'IL CONSTRUISE UNE ÉNORME BARRICADE, BON SANG !
RAAAAAAAH
J'EN AI MAAARRE !

T'ES VRAIMENT BIZARRE, COMME GARS !
HEIN ?
À T'ÉCOUTER, ON DIRAIT QUE TU DÉBORDES DE CONFIANCE EN TOI, POURTANT, ÇA NE SONNE JAMAIS PRÉTENTIEUX !
SI C'EST VRAIMENT CE QUE TU PENSES, ÇA NE SERT À RIEN DE JOUER AU GARS MODESTE AVEC MOI.
OUI...
C'EST VRAI...
ENFIN BREF ! TOUT ÇA POUR DIRE QUE S'IL S'ARRANGE POUR QUE JE ME SENTE AIMÉ, IL FAUT QUE DE MON CÔTÉ JE SOIS CERTAIN...
... DE SON AMOUR POUR MOI !
VOUS VOUS FAITES SACRÉMENT CONFIANCE !
JE VOUS ADMIRE BEAUCOUP !
ET CE N'EST PAS SARCASTIQUE...
C'EST VRAI !

TU ES QUAND MÊME DRÔLEMENT GRAND... COMBIEN TU MESURES ?
1 MÈTRE 85.
WAOUH, QUELLE CLASSE !
MERCI...
ON VA COMMENCER !
D'ACCORD...
MAIS...
... S'IL DONNE DES COURS PRIVÉS À DOMICILE, ÇA VEUT DIRE QU'IL EST TOUT SEUL AVEC ELLE, NON ?
ÇA NE TE FAIT PAS PEUR ?
BEN...
JE MENTIRAIS SI JE DISAIS QUE ÇA NE M'INQUIÈTE PAS DU TOUT...
MAIS BON, DOUTER DE LUI NE VA RIEN M'APPORTER DE BON !
ET PUIS IL M'AIME TROP, DE TOUTE FAÇON !
.....
QUOI ?

CLANG
ガタッ
HEIN ?
QU...
.....
QU'EST-CE QUE...
CLANG
ガチャ
CRIII
TSS
LAISSE LA PORTE OUVERTE.
OUPS, C'ÉTAIT PAR HABITUDE...

SI ELLE TENTE PLEIN DE TRUCS MAIS QU'IL NE SE REND MÊME PAS COMPTE QUE C'EST DE LA DRAGUE, JE NE VOIS PAS COMMENT IL POURRAIT M'EN PARLER.
AAH... JE VOIS...
AUTREMENT DIT, PEUT-ÊTRE QU'ELLE A BEL ET BIEN DES VUES SUR LUI ET QU'ELLE TENTE LE COUP, MAIS QUE DU POINT DU VUE DE MOTOCHIKA, CE N'EST PAS DE LA DRAGUE ET DONC, PAS INQUIÉTANT...
FUUUH
C'EST ÇA !
AU FAIT !
TU N'AURAIS PAS QUELQUES PHOTOS DE CETTE SORTIE SNOWBOARD ?
CLANG
SI, J'EN AI...
COOL ! JE PEUX LES VOIR ?!
CLAC

* LINE est une application de chat japonaise.

JE SAIS QUE TU AS LU MON MESSAGE. FRANCHEMENT, C'EST PÉNIBLE !
QUAND UNE PHRASE...
... SE TERMINE PAR UN POINT D'INTERROGATION, ÇA NÉCESSITE UNE RÉPONSE !
JE L'ATTENDS TOUJOURS, MOI !
OUI...
TU POURRAIS FAIRE PLUS D'EFFORTS !
NON ?
ZWIP
ZWIP
ON PARLE DE COMMUNICATION, LÀ !
TU VOIS ?
IL FAUT QU'ON SE PARLE !
QU'ON ARRIVE À SE COMPRENDRE !
EH BEN RÉPONDS-MOI, ALORS, LA PROCHAINE FOIS !
OUI...
D'ACCORD...
« D'ACCORD » ...
C'EST ÇA, OUI ! VU TA MOTIVATION, TU N'AS PAS DU TOUT L'INTENTION DE LE FAIRE !
IL FAUT QU'UN VENT DE FRAÎCHEUR SOUFFLE SUR NOS RELATIONS HUMAINES ! SINON, ÇA RISQUE DE DEVENIR UNE SOURCE DE STRESS POUR MOI !
KIRARA...

Chapitre 22

UNE LYCÉENNE ?
ET DONC, IL LUI DONNE DES COURS PARTICULIERS ?
OUI, MAIS PAS SEULEMENT À ELLE.
CE N'EST QUE POUR L'AIDER UN PEU AVANT SES CONTRÔLES ET EXAMENS.
AH BON...
LA PLUPART DU TEMPS, C'EST À DES COLLÉGIENS EN 2E ANNÉE QU'IL DONNE DES COURS !
C'EST DES JUMEAUX MAIS J'AI OUBLIÉ LEURS PRÉNOMS...
DE TOUTE FAÇON, CE N'EST PAS COMME SI ÇA M'INTÉRESSAIT. PAS LA PEINE DE T'ÉTENDRE SUR LE SUJET...

Blue Sky complex #5
Kei Ichikawa

Hana COLLECTION